Dominerer Susan

Første Del

(Dominasjon og erotisk underkastelse)

Av

Erika Sanders

Serie

Dominerer Susan Vol. 1 til 5

Første utgave: 2023

Synopsis

Etter å ha fullført college, går Susan til sin første jobb, en jobb levert av en familievenn, Robert, som alltid har hatt et spesielt ønske om sin venns datter.

Dette spesielle ønsket er å få Susan under hans herredømme ...

Denne publikasjonen inneholder en serie med sterkt erotisk BDSM-innhold, der jeg forteller Susans eventyr i innleveringsfasetten hennes.

Romaner med høyt romantisk og erotisk BDSM-innhold.

Inneholder følgende bind:

1 – Den nye jobben

2 – Reglene

3 – Nytt leketøy

4 – Straffens Rom

5 – Møte med mesterne

Merknad til forfatter:

Erika Sanders er en internasjonalt kjent forfatter, oversatt til mer enn tjue språk, som signerer sine mest erotiske skrifter, langt fra sin vanlige prosa, med pikenavnet sitt.

Indeks

DOMINERER SUSAN
FØRSTE DEL
(EROTISK DOMINASJON)
AV
ERIKA SANDERS

FORORD

Robert er en moden suksessfull forretningsmann, gift med en sønn på samme alder som Susan.

Familiene deres har vært nære venner i mange år, og han hadde sett henne vokse til en nydelig ung kvinne.

Han hadde alltid vist et åpent vennskap med jenta og hadde gjennom årene gjort henne oppmerksom på hans forkjærlighet for henne.

I hemmelighet skjulte hans vennlige forhold og hans hengivenhet for jenta hans mange mørke ønsker, uten noen sjanse til å gjøre dem til virkelighet.

Hennes totale underkastelse til ham var den eneste drømmen, i hennes mørkeste tanker og en som hun ønsket skulle gå i oppfyllelse.

Susan er en nyutdannet jente med en handelsutdanning i hånden og ivrig etter å oppleve verden.

I ferd med å starte sin første ordentlige jobb, en stilling tilbudt av Robert, en familievenn, av respekt for faren og anerkjennelse av hans evner.

Men også, uten at hun visste det, drevet av hans ønske om å eie henne.

Hun er en hyggelig, sensuell, men søt jente som har hatt den samme kjæresten, Peter, siden førsteåret på college.

De er eventyrere, men de forstyrrer aldri deres verden.

Hun vet hva hun vil, eller tror hun vet, men hun er egentlig ganske lydig når det gjelder å la andre lede henne gjennom livets veier.

DEN NYE JOBBEN

Han står foran bygningen og stirrer på glass- og stålfasaden.

Se alle de velstelte mennene og kvinnene som haster inn og ut av inngangen.

Hun ser på sin egen korte skjørtdress, øker tempoet og går inn.

Hun føler seg liten og litt skremt av menn som ruver over hennes seks fot fem når hun går på heisen og går inn i sin nye arbeidsgivers virksomhet.

Hun ser seg rundt og ser ham i resepsjonen snakke med en bombeblond kvinne og fniser flørtende, smilet hans lyser opp i ansiktet hans mens han snur seg mot henne.

Hun rødmer uten å vite hvorfor og beveger seg mot ham med hælene klikke på flisgulvet.

Armen hans omslutter skuldrene hennes beskyttende mens han introduserer henne for jenta ved skrivebordet.

"Anne, dette er min lille Susy!"

Hun rødmer, så retter seg opp og strekker ut hånden.

"Hei, jeg heter faktisk Susan, hyggelig å møte deg."

Han leder henne med en konstant hånd på skulderen til ulike avdelinger og andre ledere.

Han introduserer henne som Susan, som hun er takknemlig for, og som ønsker å gjøre sitt beste i denne verden av stor rivalisering.

Hun holder seg nær ham hele morgenen og prøver å huske en lang rekke navn før han til slutt fører henne til kontorpakken hans.

Han viser henne skrivebordet i forrommet som vil være hans i det meste av tiden hun er her.

Hun legger fra seg vesken og kjører fingrene lett over de velvalgte møblene.

Hun blir ført inn på kontoret hans hvor han peker på de overdådige mørke møblene, helt i skinn og mahogni.

"Og det er her jeg jobber."

Han forlater siden hennes for første gang og setter seg ved skrivebordet sitt.

Hun føler seg merkelig ensom når hun står på dette store kontoret foran ham.

Han tar noen nøkler og fortsetter å snakke:

"Til venstre, bak oppholdsrommet, finner du en dør til et lite kjøkken. Dette underholder ofte kundene. Barkjøleskapet skal alltid være fylt med det som står på listen, pluss at det er en meny. Du må lære å lage mat. retter, i tilfelle kokken ikke er tilgjengelig. Jeg legger det inn i treningsprogrammet ditt.

Han hadde beveget seg raskt bak henne, dyttet henne mot døren og åpnet den.

Storøyd og i ærefrykt for størrelsen på selskapet og kontorene hun eide, alt hun kan gjøre er å nikke dumt.

"Det vil være slik."

"Ja herre," sier han med et smil, men alvorligheten i stemmen hans ryster henne.

"Ja herre". Hun svarer automatisk.

Han tar henne i armen, beveger seg ut av kjøkkenet og leder henne til et annet soverom med døren på samme vegg.

"Og dette er mitt private bad, du kan bruke det, men bare med min tillatelse, forstår du Susy?"

Hun nikker igjen ordløst mot overfloden av dette badet, og kommer seg når hun kjenner ham stivne, stammende:

"Ja herre".

Han smiler av hennes lydighet.

"Han vil bruke ansattetoalettet nede i gangen hvis han har behov og jeg ikke er her."

Hun er raskere denne gangen.

"Ja herre".

På den andre siden av rommet, to like soverom med dører som han viser deg.

"Dette er et privat møterom," hun ser raskt mens han skynder henne avgårde, "... og det er her jeg hviler meg hvis jeg trenger å overnatte på byen."

Rommet var mørkt og en stor himmelseng og ulike benker dukket opp i det store rommet.

Han rakk så vidt å kjenne det før han lukket døren for ham.

Han tar henne tilbake til skrivebordet, slår på datamaskinen og viser hennes personlige meldingstjeneste fra kontoret til datamaskinen hans som alltid skal være på og åpen.

Fornøyd med det passende "Ja" til de riktige tidspunktene og sin naturlige tilbøyelighet til å være hjelpsom, lar han henne stå på pulten for å gjøre seg kjent med sine nye omgivelser.

Han tester oppmerksomheten hennes ved å sende henne små øyeblikkelige meldinger og smiler til hennes umiddelbare svar mens hun leser oppgavene og forskjellige tidspunkter de klaget til henne ved skrivebordet hennes.

DEN EGENTLIGE YKKELSEN

Han var tålmodig og snill da hun ble kjent med hennes nye jobb i selskapet hans.

Han snakket ofte med henne gjennom direktemeldingsskjermen når hun ikke var i møter eller utenfor selskapet, spurte henne om familien, vennene hennes, hvordan det gikk med kjæresten, fikk henne til å føle seg som henne. Du ser kjærligheten din og ekte interesse for livet hennes.

I løpet av de travle første ukene av treningen tok han seg tid til å rådføre seg med henne og justere timeplanen hennes om nødvendig, og ble hennes mentor, hennes venn og noen ganger en streng farsfigur.

Han spøkte med henne, spilte spill og pratet vennlig.

Samtalene ble gradvis mer intime etter hvert som tiden gikk.

De spilte sannhet eller tør ofte på datamaskinen, og i spillet ble spørsmålene deres mer personlige og direkte.

Så stoppet han mens han leste sitt siste svar.

Han hadde forventet at noe slikt skulle skje, men han hadde egentlig aldri forventet at det skulle skje.

Her spilte hun sannheten og her var sjansen til å våge med henne igjen.

Hun valgte alltid sannheten ... og hun innrømmet nettopp en spanking fra kjæresten sin, og at hun likte det.

Med det skulle han begynne å gjøre drømmen til virkelighet.

Hun visste at hun sannsynligvis aldri ville spille dette med ham igjen, og trakk seg nesten tilbake og tenkte at hun ville slutte, eller enda verre, fortelle det til noen i selskapet og deretter familien hennes.

Han måtte imidlertid videre.

Hans langvarige ønske drev ham, og han begynte å skrive.

Hun hadde ikke valgt å våge, men han fortsatte å skrive ...

***

"Jeg våger deg til å la meg slå deg, Susy."

Hun stirret, kunne ikke tro hva hun leste.

Hun hadde vokst seg nær ham, forgudet ham og måten han brydde seg om henne på og fikk henne til å føle seg så spesiell, nesten som om hun var hennes far.

Kanskje han spøkte med henne igjen, og trodde ikke på det hun hadde fortalt ham om daten deres kvelden før.

Tankene hennes snurret mens hun tenkte på hvordan hun hadde følt seg slått av kjæresten, og hun vred seg i setet mens hun innså at hun måtte svare.

Han stirret på skjermen, meldingsboksen var tom, foreløpig og venter på svaret hans.

***

Han begynte å grue seg, men så så han at hun skrev.

Hjertet banket fort, og han fikk panikk, før han endelig så hva hun skrev.

"Ja sir."

Hun skrev raskt, og ba henne om å handle på seg selv og lykken:

"Så gå inn på kontoret mitt og lukk døren. Når du kommer inn på kontoret mitt vil du adlyde alle mine ordre, du vil ligge på fanget mitt uten å snakke og du vil underkaste deg mine spankings."

***

Hun blunket til svaret hans.

Dette spillet begynte å bli seriøst, men det var bare et spill, ikke sant?

Testet han henne?

Bør jeg gå tilbake?

De var både nervøse og anspente av sine egne grunner, klistret til dataskjermen.

Hun ville ikke være den første som trakk seg tilbake og la ham erte henne.

Hun skrev:

"Ja herre".

***

"Så kom til kontoret mitt, Susy, og lukk døren."

Det kom ikke noe svar, men hun skyndte seg inn på kontoret sitt og lukket døren som en skremt kanin, vantro til hva hun nettopp hadde akseptert, og tenkte at han fortsatt lekte med henne.

Han satt tilsynelatende uberørt mens kroppen hans verket etter henne, og så hennes frykt, forvirring og varmen i øynene som holdt henne gående.

"fanget mitt venter"

Hun tok et skritt frem og han løftet hånden, stoppet midt i skrittet.

"Du gikk med på å adlyde meg når jeg kom inn i dette rommet, gjorde du ikke?"

Synlig skjelvende hvisket hun:

"Ja herre".

Han pekte på bakken, ble oppmuntret og gryntet,

"Kryp mot meg."

Han så følelsene spille i ansiktet hennes, motvilje, frykt, frykt, spenning og til slutt underkastelse.

Han ga ut pusten han holdt mens han så begynnelsen på drømmen gå i oppfyllelse, den lille kroppen hennes falt ned på knærne og deretter i hendene hans mens hun begynte å krype mot ham.

Han kjente hanen rykke ved synet av henne.

Det var hans endelig, om så bare for denne ettermiddagen.

***

Hun kunne ikke tro at hun gjorde dette, denne mannen hun hadde kjent hele livet var i ferd med å virkelig slå henne.

Spillet hadde gått for langt, men hvorfor stoppet han det ikke?

Hun skjønner at hun ville ha ham!

Herregud, ville hun ha ham?

Var det noe galt med henne?

Hvorfor føltes det slik?

Øynene hennes låste seg på den sterke kroppen hans i den store stolen hans da hun nådde føttene hans og gled som en slange hun flyttet på fanget hans.

Han visste at det var feil, men han kunne ikke la være.

Uten ord, uten diskusjon, uten å stryke henne for å være en flink jente, slengte hånden hans hardt inn i rumpa hennes, og hun hylte.

* * *

Han så på den vakre engelen som kravlet mot ham, tankene hans gikk til de mørkeste stedene og måtte rygge unna, så ung og påvirkelig at han ikke skjønte hva han var verdt.

Han brukte all sin viljestyrke til å forbli passiv mens hun glir ned på fanget hans, sikker på at han kan kjenne denne hardheten i magen hennes når han løfter skjørtet hennes, avslører en rosa stringtrosa, løfter hånden og slår henne med all kraft.

Om bare for denne gang han likte det.

Se de anspente musklene hennes kruse under angrep og håndavtrykkene hennes lyser rødt på den hvite huden.

Hun hviner og gisper:

"Åhhhhh thatooo hurtsleeeeee".

Hun hviner og vrir bena sparkende mens han pisker henne dypt igjen.

* * *

Hun mister oversikten over slaget mens smerte fyller den lille kroppen hennes og varmer henne opp.

Hun legger merke til varmen som starter i den lille fitten hennes og fuktigheten på lårene hennes mens han pisker henne.

Tapt i varmen og trenger å skrike, små tårer strekker seg over kinnene hennes.

***

Hånden hans blir følelsesløs mens han pisker henne hardt og nyter stramheten av de harde musklene hennes, skrikene hennes og bønnene for henne om å slutte å slå ham mens han maler den lille rumpa hennes knallrød.

Han stopper når han ser henne våt mellom bena, utrolig nok, den lille kroppen hennes rykker i fanget hans.

***

Sinnet hennes låste seg i kraften til denne mannen mens hun gisper og skriker.

Mens han fortsetter å piske henne hardt og raskt, tar kroppen hennes over mens sinnet hennes svirrer, hun føler varmen og det innestengte behovet for en altfor udugelig kjæreste og tapt i følelsen av at hun kommer, blir hard, og orgasmen hennes. spruter på lårene hennes med dette enkle slaget.

Hun føler at han stopper og dør innvendig.

Skammen hans fyller henne mens hun skjelver på fanget hans, gisper og hulker.

Varmen fra rødmen fylte ansiktet hennes, så flau, hvordan kunne hun ha gjort det?

***

Han smiler mens han ser ansiktet hennes rødme av forlegenhet, holder henne på plass, vel vitende om at dette er hennes øyeblikk.

"I løpet av neste uke vil du bli min slave. Dette vil være ditt kongelige yrke. Du vil adlyde meg i alt jeg befaler deg. Du vil være i sikte til enhver tid og be meg om tillatelse til å dra om nødvendig, selv om det bare er for å gå på do. Jeg vil eie deg og du vil adlyde meg. På slutten av en uke vil vi snakke om dette igjen."

* * *

Hun ligger på fanget hans og kjenner orgasmen av slaget hans, og lytter til ordene hans.

Det er en uttalelse, ikke et spørsmål.

Han innser at han ikke har gitt ham alternativer.

Hun bøyer hodet i skam og rister av det hun nettopp gjorde.

Og hun stønner:

"Ja herre"

AKSEPTERE SITUASJONEN

"Din slave i en uke."

Uken kunne ikke vært så ille siden han alltid hadde behandlet henne som en prinsesse.

Selv etter hennes tunge tid for noen minutter siden og hennes anmodning om fullstendig lydighet i en uke, hadde han plukket henne opp, tørket tårene hennes og sendt henne til hennes private bad for å rydde opp.

Hun sto foran speilet og gjenopplevde skammen sin, hun var en dårlig jente og nå visste Robert det.

For faen!

Hun bet seg i leppa og lurte på om han ville holde alt dette hemmelig mens hun spilte spillet hans.

For det var et spill, ikke sant?

Han kom ut av badet, ansiktet hans gjenspeiles ikke lenger av det som nettopp hadde skjedd med den røde rumpa hans som det eneste ytre beviset på det.

Hun gikk mot ham og kjente at ansiktet hennes rødnet igjen og han ga henne sin cum-gjennomvåte string.

"Ok, så bra. Men vi har begge folk vi elsker, og dette var, ummm, gøy, men jeg vil ikke at noen av dem skal vite ..."

Da han så hennes dype rødme og hørte selvbeskyldningen i stemmen hennes, avbrøt han henne ved å trykke på hennes fordel:

"At du lot meg slå deg til du fikk orgasme? At du har gått med på å slave for meg i ikke mindre enn en uke? Min søte Susy, du er en veldig slem tispe!"

Han så henne blekne ved siste ord til han senket hodet for å se ned på føttene hans.

Foran seg løftet hun haken, holdt den rosa tanga foran seg, og han smilte.

"Forstå at jeg ikke vil skade familiene våre heller. Men fra nå av vil du kalle meg Mester når vi er alene. Jeg, min søte babe, er en Mester og som sådan trenger jeg en slave. En uke her på jobb og på slutten av uken vil vi snakke igjen og vi vil se hvordan vi fortsetter derfra."

Med det stakk han tanga i lommen og gikk tilbake til skrivebordet.

Han løftet en konvolutt til henne og møtte hennes spørrende øyne.

"Dette er en liste over reglene du må følge i løpet av uken. Du kan gå hjem nå og studere det der. Kom tidlig i morgen, vi har mye å gjøre. Vi sees klokka sju om morgenen."

Han reiste seg og kysset kinnet hennes forsiktig, han forlot kontoret og avsluttet dagen.

Da han nærmet seg for å kysse ham, hørte han ham hviske: "Ja, mester", noe som fikk ham til å smile bredt.

REGLENE

Den kvelden lå han i sengen og leste instruksjonene for uken og ristet på hodet.

Det føltes veldig ubehagelig, men av en eller annen grunn kunne hun bare ikke si nei.

Men jeg burde ha sagt nei.

Han hadde rett, hun var en hore.

Hun hadde ønsket å føle at han slo henne.

Kjæresten hennes var søt, men han kunne aldri slå henne som Robert hadde.

Hun hadde kjent den harde kuken hans presset mot magen hennes, mentalt tatt i betraktning størrelsen og formen.

Kjæresten bleknet i forhold til fantasien hennes.

Hun sovnet mens hun gjenopplevde spankingen og tenkte på uken som kommer, hånden hennes fanget mellom bena og fikk dagens andre orgasme.

***

Våknet tidlig for å ta en dusj.

Han barberte alt som anvist i reglene og kledde seg forsiktig.

Håret hennes var bundet opp i en vellaget hestehale.

Og hun kledde seg i en camisole under blusen i stedet for en BH, takknemlig for de muntre små brystene og la trusa under den korte skjørtedressen.

Med sminke på som anvist, grep hun vesken og løp ut døren akkurat i tide til å rekke den tidlige bussen til jobb.

Fraværet av at den vanlige morgentrafikken var så tidlig, gjorde at bygningen virket merkelig øde da hun kom, tenkte hun da hun gikk på heisen.

Da hun kom inn på det stille kontoret, ble hun overrasket over å se lysene på og at han allerede var der.

Han flyttet seg til skrivebordet og sendte raskt tekstmeldinger "God morgen, mester" for å fortelle ham om hans ankomst.

***

Han så på klokken og smilte.

Akkurat i tide.

Han hadde brukt natten på å planlegge uken fremover.

Belønningen for de akkumulerte årene han trengte å eie denne vakre jenta som var så besatt av ham.

Han trengte at hun skulle akseptere sin nye rolle, for å slavebinde hennes kropp og sjel, og hun hadde bare en uke til å gjøre det.

Han hadde planlagt hele natten før han bestemte seg for neste trekk.

Smilende skrev han:

"Flink jente, du er her i tide. Kom til kontoret mitt, lukk døren og kle av deg. Gå så til midten av rommet og vent der."

***

"Ja mester."

Hjertet banket gikk hun inn på kontoret sitt og lukket døren bak seg.

Hun kjente at øynene hans så intenst på henne, snudde seg og tok et skritt fremover.

Sakte fjernet hun hvert klesplagg hun hadde på seg og la det på gulvet ved siden av seg.

Til slutt, naken, plasserte hun seg på det myke teppet, midt i rommet, for å være prisgitt hans nåde, hans slave.

Hun så på ham mens han reiste seg og beveget seg fra skrivebordet.

Han svevde rundt henne mens han så henne fra topp til tå, hver tomme av huden hennes, uten å røre henne, men så nærme at hun kunne kjenne varmen fra kroppen hans på gåsehudene hennes.

Brå gikk han tilbake til skrivebordet sitt, ba henne kle på seg og gå på jobb, og sluttet å ta hensyn til å fortsette arbeidet.

***

Han kunne se hennes forvirring og skuffelse da hun kledde på seg og gikk tilbake til skrivebordet.

Han visste at hun var klar til å gjøre hva han bestemte seg for, å adlyde hans vilje og mer så, til hans ydmykelse og skam som fikk henne til å spille spillet hans, men han ville ikke presse for hardt.

Han trengte at hun ville ha mer, trenge mer.

Han snudde seg for å se på treningsopplegget sitt på skrivebordet.

Hans kulinariske leksjoner gikk bra.

Det så ut til at folk i selskapet likte det.

Han banket på haken da han tenkte at det kanskje snart var i luften å bestille middag med noen venner fra klubben.

Han satt ved skrivebordet sitt med sinnet og husket spankingen han ga henne, hanen hans svulmet opp av den, hånden hans som strøk mot henne kjente opphisselsen, så henne naken og så villig lydig at det nesten fikk ham til å glemme planene sine, begjæret og behovet. å dominere jenta.

Sendte en direktemelding:

"Onanerer du, Susy?"

Han ventet mens direktemeldingen blinket på skrivebordet hans.

Han kunne forestille seg at hun tumlet, knuget fitta hennes ved spørsmålet, men hun hadde allerede tilstått så mye mer under kampene deres.

"Ja, mester, ofte."

Han skrev følgende melding og valgte sine følgende ord nøye, og ønsket ikke bare å leke med henne, men å få ham til å tenke:

"Kan det være at denne unge mannen, som du ikke ser mye, ikke tilfredsstiller deg nok, lille tispe? Kanskje denne uken vil hjelpe deg med å holde deg fornøyd."

Med dette avsluttet han samtalen.

***

Ved pulten hennes ble hun lamslått av svaret og den brå avslutningen av samtalen, men hun ble sittende å reflektere over ordene hans.

Senere, opptatt med arbeidet sitt, skjønte hun ikke at han hadde kommet bak henne før hånden hans krøllet seg sammen på skulderen hennes og hvilte på hennes høyre bryst.

Han bøyde seg ned for å hviske i øret hennes:

"Jeg ser bare på den lille tispen min jobbe hardt."

Han kjærtegnet den herdede brystvorten og lyttet til pusten hennes, smilte.

Deretter fjernet han hånden hennes og forlot kontoret før han snudde seg mot henne:

"Du vet, Susy, dette kommer til å bli en veldig tilfredsstillende uke."

***

Han holdt henne nervøs hele dagen med små kjærtegn og små vitser som alltid fikk henne til å ønske mer for de ubevisste bevegelsene hans og hun rødmet mer og mer.

Fornøyd med at han hadde vekket behovet hele dagen, ville han ha mer.

Budbringeren flimret på skrivebordet sitt.

"Før du går i dag, lille tispe, vil du dukke opp ved skrivebordet mitt og be om tillatelse til å forlate tjenesten min for dagen."

***

"Ja mester." Han skrev og skyndte seg å fullføre det han holdt på med og rydde opp på skrivebordet.

Hun var litt spent.

Han hadde ertet henne hele dagen, trusen hennes var våt og klissete, og hun kunne ikke tro at hun følte seg så varm.

Hun rødmet vel å vite at hun var den lille tispa han kalte henne, men hun klarte ikke å dy seg.

Hun reiste seg og gikk inn på kontoret hans, lukket døren og ventet på at han skulle bringe henne nærmere.

Det var slik i noen minutter, selv om det virket som mye lenger.

Dette gjorde henne mer nervøs helt til han så på henne og pekte på et sted på gulvet ved siden av skrivebordet hennes.

"Her, Susy."

Hun fløy nesten til stedet og ønsket å være i nærheten av ham igjen.

Da hun så smilet lyse opp ansiktet hennes over sulten hennes, fylte rødmen ansiktet hennes igjen.

"Før jeg drar er det en ting til jeg må vurdere." Han kunne se henne skjelve lett mens hun tok til seg ordene hans. "Vær en god hore og len deg over skrivebordet foran meg, Susy."

Da han så misforståelsen hennes, ventet han ikke på at hun skulle bevege seg, men reiste seg i stedet opp, tok henne i armen og presset henne til å lene seg mot skrivebordet, mens føttene hennes så vidt rørte gulvet.

Han kjørte hendene oppover lårene hennes og spredte dem bredt, og klikket tungen hardt.

"Min lille tispe Susy, hva har du gjort i dag for å få dette så vått?"

Han hørte hennes lille gråte og så den dype rødmen, smilte til reaksjonen hennes.

Han kunne lett ha klandret hennes konstante leker for hennes opphisselse, men hun forble taus, skamfull over at han kalte henne en hore.

Han kjørte fingrene over den våte bomullstrusen og fortsatte.

"Hva skal vi gjøre med en så våt ludder?"

Han hektet fingrene inn i trusa hennes, strøk den våte spalten hennes, og så henne snirkle og gispe etter alle lekene han utsatte henne for i løpet av dagen.

Han tok tak i kliten hennes mellom tommel og pekefinger, klemte sakte, og knurret:

"Svar meg, lille kjerring!"

Han hørte henne stønne høyt og så at hun skjelve, smilte han igjen.

Presset mot skrivebordet hennes spredte lårene hennes bredt.

Hun kjente hans ydmykelse over ordene hans fylle ansiktet hennes med farger, og gjorde henne våt enda mer.

Hans lekne hender og fingre holdt henne nervøs hele dagen, den lille kroppen hennes krevende og trengte berøringen hans.

Nå fikk følelsen av fingrene hans da de strøk over fitta hennes, hoftene hennes beveget seg ubevisst.

Øynene hans utvidet seg da fingrene hans grep og klemte kliten hennes og hun stønnet høyt:

"Ja, Mester, jeg mener, ingen Mester, å Gud!"

"Du vet hva du skal gjøre!" Hun hylte da han slo baken hennes hardt.

Han fortsatte å klemme og forårsake smerte i den lille kroppen hennes mens hun skrek igjen.

Øynene hans ble fylt av tårer da han slo henne igjen og krevde et svar:

"En smekk, mester!"

Hun kjente kliten hennes rykke da han slo den lille rumpa hennes igjen.

Hun ble buet av smerte, tårene rant nedover ansiktet hennes, hun fikk orgasme og skrek ut smerten og nøden.

Han trakk hånden tilbake og så på horen, så glad hun nesten tigget ham.

Han løftet henne opp, kysset hennes tårevåte ansikt, mens hun rykket ukontrollert i armene hans, gned henne på ryggen og beroliget henne.

Han fulgte henne til badet.

"Fiks sminken din lille tispe, vi vil ikke at folk skal tro at vi er her og spiller noe."

Han så henne se på det brede, ertende smilet hennes mens hun rødmet dypt og senket hodet.

***

Mens hun bøyde seg ned for å vaske og fikse ansiktet, husket hun hvordan det føltes da han rørte ved henne.

Den tilsynelatende hardheten under buksene.

Tankene hennes vandrer med bilder av hvordan kuken hans må være.

Hun grøsset.

***

"Siden du er en så ubehagelig jente, men du har et engleansikt, vil du ha våte truser, Susy, la folk lure på om engelen er så uskyldig som han ser ut til!" Han frydet seg over det grøssende uttrykket i ansiktet hennes. "I morgen etter at du har dusjet, vil jeg at du velger favoritttrusen din og legger dem over den lille fitta." Sinnet hans blinket tilbake minnet om den stramme, nybarberte fitten hennes fra inspeksjonen hans den morgenen. "Så jeg vil at du skal onanere til randen av orgasme og deretter stoppe, kle deg ferdig og dra på jobb. Så snart du kommer, kom til kontoret mitt."

Øynene hans ble store, hjertet begynte å hamre febrilsk.

Det han ba om var litt opprørende, men fitta hennes strammet seg og hun kjente at det dryppet enda mer.

Med skjelvende stemme svarte hun «Ja, mester».

Han så på henne med gjennomtrengende øyne som fikk henne til å rødme mer.

Hånden hans gikk rundt henne for å ta på den våte, bomullsdekkede fitten hennes.

Så hvisker han i øret med en truende knurring:

"Og ikke ha sex med den uoppmerksomme kjæresten din denne uken, Susy. Du er min denne uken. Skjønner det?"

Ansiktet hans lyste strålende opp mens han hvisket: "Ja, mester."

***

Den natten sov hun av og på.

Drømmene hennes var fylt med ham, kroppen hans var så opphisset at han virket konstant våt og trengende.

Hun vurderte å ringe kjæresten.

Hvordan kunne Mesteren finne ut om han gjorde det?

Hun visste innerst inne at det ville få henne til å føle seg frustrert og skyldig, så hun begravde hodet i puten og prøvde å sovne igjen.

***

Neste morgen, etter lange forberedelser, dro han på jobb, på urolige bein mens han reiste.

Han så seg rundt for å se om folk kunne føle opphisselsen hans, brystvortene hans stivnet konstant av behovet for å komme og fikk den lille knappen til å irritere ham.

***

Hun gikk direkte til kontoret sitt ved ankomst.

Han var i telefonen med noen, og da øynene hans vendte seg mot henne, dukket det opp et smil.

Han tok opp en penn og skrev "kle av" på notatblokken ved siden av seg.

Han snudde siden til henne og indikerte stedet foran stolen hennes mellom de spredte bena hennes.

Bena hennes skalv da hun lydig gikk rundt det store skrivebordet og begynte å kle av seg.

Han dekket til munnstykket med hånden og hvisket:

"Sakte, det er ikke en medisinsk eksamen"

Han blunket til henne og hun rødmet og nikket, og forsto at han skulle kle av seg mer sensuelt.

Dette gjorde han, og til slutt hørte han ham si:

"Beklager Harry, jeg må forlate deg nå. Jeg ringer deg senere, noen krever min oppmerksomhet."

Han smilte til henne og la på telefonen.

Han inspiserte henne kritisk, kjørte en finger nedover innerlåret hennes for å kjenne hennes fuktighet, deretter lente han seg bakover og førte tungen over tuppen av den våte fingeren hennes.

"Snu deg rundt og bøy deg over pulten din lille tispe, og med beina spredt."

Hun snudde seg og snudde seg og presenterte den stramme lille rumpa til ham.

Mens hun så på den lille tuppen av stoffet som spirte ut fra fitteleppene hennes, klemte han den og begynte, fristende, sakte å trekke.

Storøyd og nesten vannaktig av virvelvinden av følelser og følelser, beveget han trusen hennes mens hun så fitta dryppe enda mer når hun løftet dem.

Da tøystrimmelen kom inn i spalten hennes, trakk han hardt, og så ansiktet hennes i speilbildet av vinduet mens hun bet seg i leppa og stønnet.

Han slo henne bare i bunnen og ba henne reise seg, så han kritisk på henne mens hun rettet seg opp og snudde seg mot ham.

Etter inspeksjonen hans slo han henne på rumpa en gang til og beordret henne til å fikse klærne, ta på seg den gjennomvåte trusen og gå tilbake på jobb.

Det rødme og forvirrede uttrykket i ansiktet hennes gledet ham veldig.

Så snudde hun ryggen til ham og tok opp telefonen for å gjenoppta deres tidligere samtale, med blikket fokusert på refleksjonen hennes i skilleveggene på kontoret hennes.

"Å ja." Han tenkte for seg selv: "Dette kommer til å bli en veldig tilfredsstillende uke. Og hvis planen min lykkes, vil den ta mye, mye lenger enn en uke ...."

MØTE MED EN LEDER

Han vendte tilbake til skrivebordet sitt, ansiktet rødmet av forlegenhet og forlegenhet.

Det hadde ikke engang falt ham inn å si nei og stoppe spillet.

Han satt i lange minutter og lurte på hva som kunne skje hvis han gjorde det.

Gud, tenkte hun. "Ville jeg sparke henne og forklare familien hennes hvorfor eller fortelle dem at hun måtte gjøre det fordi hun var så slem?

"Kanskje," resonnerte hun. "Hun kunne gå til faren sin og fortelle ham hva denne mannen fikk henne til å gjøre, men hun ble deprimert da hun innså at han egentlig ikke hadde gjort noe hun ikke hadde gått med på eller bedt om, og hun kunne ikke fortelle faren sin det."

Hun smilte og tenkte på sin kjære far.

Hun var hans søte engel, og hun orket ikke å skuffe ham med sannheten, at hun var en liten vix som Mester Robert kalte henne.

Fortapt i drømmen så hun ikke den blinkende direktemeldingen før det var for sent.

En andre og tredje melding dukket opp "HER NÅ!"

Hun hørte ham nesten skrike mens hun hoppet og skalv i forventning.

Hun svarte ikke, men løp inn på kontoret sitt og stoppet rett ved døren.

Da han kom inn, og uten å snakke, gjorde han tegn til henne om å lukke døren og pekte på et sted foran skrivebordet hans.

Hun gikk sakte til stedet og sto forventningsfullt mens han var ferdig med å skrive notater på datamaskinen sin.

Han så skuffet på henne og ristet på hodet.

Stillheten hans gjorde henne mer nervøs, og han reiste seg og forfulgte henne, dro opp skjørtet hennes, avslørte den fortsatt våte trusen hennes og slo baken hennes hardt.

Han nøt skriket hennes, snudde henne rundt og klemte haken hennes hardt sammen fikk henne til å se ham inn i øynene.

Lent seg inn i ansiktet hennes, knurret han: "Jeg, Susan, er din Mester! Du, jenta mi, er slaven min og din uoppmerksomhet får meg til å tro at du må huske det."

Han så på hvordan øynene hennes forvillet seg fra hans.

"Se på meg!" Han knurret inn i ansiktet hennes og nøt sukket hennes mens øynene hennes løftet seg mot ham.

Hun så opp på ham og begynte å stamme unnskyldninger, men han presset hånden sin tettere mot haken hennes som gjorde henne taus mens øynene hennes fyltes med tårer.

Hun så så vakkert sårbar ut at hanen hans rykket.

"Du må selvfølgelig straffes, men jeg tror du vil like å få en ny smekk, ikke sant, lille tispe?"

Han så med tilfredshet på, flauheten skyllet over ansiktet hans mens de mørke øynene så opp på henne.

"Jeg venter på en av lederne, og jeg har ikke tid til å håndtere din ulydighet akkurat nå," og sendte henne til hjørnet av kontoret hennes bak skrivebordet hennes, fortsatte hun, "Stå i hjørnet som den slemme jenta at du er, mens jeg møter Alan."

Han kjente henne stivne og så hendene hennes begynne å gli nedover skjørtet hennes, men han slo baken hennes hardt og etterlot et rødt og varmt inntrykk.

"La skjørtet være som det er. Kryss armene foran deg hvis du ikke engang kan følge den enkle instruksjonen."

Han hørte henne stønne og kvele en hulk, og med et smil som ble lysere, gikk hun tilbake til skrivebordet.

Hun bleknet fysisk da hun hørte ham heve stemmen og rope:

"Kom inn Alan. Jeg beklager at assistenten min ikke var der for å slippe deg inn."

Han hørte en dyp stemme humre da Alan kom inn.

"Ikke noe problem, Robert. Jeg ser at du har pusset opp her. Veldig fint må jeg si, og den røde touchen du har lagt til, fantastisk!"

Tankene hans raste:

"Snakket han om henne? Sikkert ikke"

Men hun klarte ikke å unngå at en lys rødme dukket opp på kinnene hennes da hun så ut av neste vindu.

Hun prøvde å holde seg stille og ikke bli forvirret i håp om at hun skulle forsvinne i bakgrunnen mens de snakket om en klient eller noe annet.

Til slutt ble møtet avsluttet og Alan dro lykkelig:

"Jeg tror jeg kunne innredet kontoret mitt på en lignende måte, Robert, men kanskje med et nordisk tema."

Han ga Robert et lurt blink og la til:

"Jeg blir gal når jeg ser en kurvet blondine. Kanskje det er på tide å gjøre Anne til min personlige assistent."

Han lo høyt da han gikk, og hun krøp sammen inni seg.

DEN NYTT LEKETØY

Han lot henne stå der i en halvtime til mens han fylte ut rapporter på datamaskinen før han til slutt ringte henne for å komme til ham.

"Jeg håper jeg slipper å straffe deg igjen, lille slave, og for å hjelpe deg med å være oppmerksom har jeg en gave til deg."

Han åpnet en skuff på skrivebordet, tok frem en liten, rosa sylinder og så på henne mens hun så nysgjerrig på den.

«Hun er virkelig så uskyldig», tenkte han for seg selv og smilte mens han gjorde tegn til henne om å gå inn på det private badet og stikke den nye leken inn i fitta hennes som en tampong.

Han elsket måten følelsene spilte på ansiktet hennes, og rødmet fortryllende mens sinnet hennes kjempet mot hennes underkastelse til ham.

"NÅ, slave!"

Hun tok den lille gjenstanden fra hånden hans og gikk sakte til badet, snudde seg for å lukke døren.

Men hun så at han lente seg ute og så på henne.

"Jeg må tisse først, vær så snill mester." Hun stammet.

"Fortsett lille slave, jeg vil ikke stoppe deg." Han rygget litt tilbake, men beveget seg ikke fra døren for å holde den åpen.

Han stivnet og snudde seg da han hørte henne sukke høyt.

Det så ikke ut til at hun la merke til det da hun dro ned trusen for å tisse og satte inn leken.

Hun reiste seg og dro den fuktige trusen på plass igjen.

Og da hendene hennes var klare til å senke skjørtet hennes, hørte hun ham klikke med tungen.

Hun så opp for å se ham riste på hodet.

Hun lot skjørtet stå stramt rundt livet, vasket ferdig hendene og fulgte ham til skrivebordet hans.

Hun så at han rynket pannen på henne og lurte på hva hun kunne ha gjort for å gjøre ham opprørt nå.

"Susan, dette er en leksjonsdag for deg, tror jeg."

Han stoppet et øyeblikk og lot henne tenke på ordene hans.

"Slaver sukker ikke for sine Mestere! Forstår det? Det er en enkel, ja Mester, for som du er min slave, vil du adlyde meg!" øynene hans låste seg med hennes da han forklarte sin siste overtredelse.

Han så redselen og forlegenheten passere over ansiktet hennes, tennene hennes nappet i underleppen hennes igjen bedårende.

Noen ganger er det som å straffe en liten jente, tenkte hun.

Med store øyne nikket hun, og kom seg nok til å hviske «Ja, mester» da hun så ham stivne ytterligere av sinne.

Hun var redd nå, fordi hennes åpenbare sinne bekreftet for henne at dette ikke lenger var en lek.

Bekreftelsen traff henne som et slag i ansiktet som nesten rystet henne tilbake i hælene med kraften fra hennes nyvunne bevissthet.

Hun visste at hun hadde kommet for langt, gjort for mye, latt ham gjøre for mye mot henne, til å nå kunne trekke seg tilbake eller be ham slutte.

Ethvert slikt ord ville ha dødd i halsen hans.

Etter minutter med stillhet begynte hun å hulke og snudde seg for å gå bort.

Han så henne bryte, realiseringen av intensjonene hans skyllet over henne.

Dette var hans tid til å begynne å gjøre henne virkelig til hans.

Han måtte gå fort før hun fikk panikk og løp fra ham helt.

Han rakte ut hånden med lynets hastighet og tok tak i armen hennes før hun rakk å løpe.

Hun holdt en fjernkontroll opp til øynene og trykket på knappen for å starte en lav nynning i fitta.

Hun rykket til og la ut et stønn og så opp på ham.

Med dyp stemme sa han:

"Ja, lille tøs, jeg kontrollerer den nye leken i fitten din akkurat som jeg kontrollerer deg. Jeg er din Mester."

Han så inn i de redde øynene hennes mens han kjærtegnet baken hennes.

Leken surret i høyere hastighet.

Pusten hennes begynte å øke med følelsen av spenning.

Han bøyde seg ned for å hviske i øret hennes:

"Du liker å være horen min, gjør du ikke, Susy?"

Han gikk enda nærmere og trakk henne nærmere seg mens han fortsatte:

"Uten å måtte skjule hvor slem du er og følelsene i den stramme lille fitta som leken etterlater deg når du er med meg, vet du at du var ment å tjene meg."

Med det slo han henne hardt på rumpa og varmet den med håndavtrykket sitt.

Da han så henne bite seg i leppen, kunne han se følelsene spille over det uttrykksfulle ansiktet hennes mens det var fylt med farger.

"Du kan være deg selv med meg, Susy. Jeg elsker alt du er og alt du kan og vil være for meg."

Hun kunne kjenne varmen komme av henne, skam og frykt blandet med den voksende seksuelle sulten som dukket opp i de grønne øynene hennes på grunn av opphisselsen av leken i fitta.

Det var et sakte, bevisst valg av ord, som lot dem invadere tankene hennes mens hun strevde med erkjennelsen av at dette aldri ville bli et spill for ham igjen.

Han snakket for å utrettelig fylle hodet hennes med sine ønsker.

"Jeg har kjent deg nesten hele livet. Alltid så søt, så uskyldig og så lydig at jeg visste at du ble født til å bli en slave, min lille slyngel. Du trenger en Mester som vil gi deg den gleden og smerten du lengter etter."

Han holdt stemmen en myk, lav mumling i øret hennes, men med en streng, kommanderende kant til ordene.

"Du kan stole på meg, Susy, jeg vil ta vare på deg og holde deg trygg mens jeg mater dine trang og begjær."

Han markerte dette med nok et slag mot den allerede røde rumpa.

"Alt jeg ber den lille slaven om er at du tjener meg og adlyder meg godt. Jeg er din Mester, Susy. Og du, lille rev, er slaven jeg ønsker."

Hun peset nå, kroppen skalv synlig av spenning da han aktiverte leken litt hardere og slo henne i rumpa igjen.

"Jeg vil eie og ta vare på deg som min mest verdsatte eiendel. Som din Mester vil jeg lære deg å glede meg og straffe deg når du ikke gjør det."

Hånden hans smalt i baken hennes igjen.

Hun spredte bena litt bredere, holdt henne så vidt oppreist da han ga henne det hun trengte.

Akkurat som han ønsket å dominere henne, trengte hun hans krav om kontroll over henne.

Hun kunne se og føle hvor varm han ble hver gang hun adlød hans stadig mer avvisende kommandoer, selv nå mens han så inn i øynene hennes som var fylt av tårer.

"Du må stole på og adlyde din mester, Susy." Han slo baken hennes igjen og knurret lavt: "Kom og hente meg, min lille tøs. Adlyd meg og kom for din herre, slave."

Han plasserte benet sitt mellom hennes mens hun snudde hoftene, lot henne male den våte, bankende fitten på ham, og så hodet hennes vippes tilbake for å stønne.

Han la armene rundt den lille kroppen hennes og trakk henne inntil hun begynte å skjelve og grøsse, tok henne opp, bar henne til en utstoppet stol og satt med henne på fanget og lot suset inni henne sakte forsvinne.

I det øyeblikket ønsket hun ikke annet enn å glede ham, adlyde ham, bli tatt vare på og verdsatt.

Hun satt lenge på fanget hans og kjente at han kjærtegnet henne, strøk henne over håret og ryggen mens hun roet seg.

Ute av stand til å si hva hun følte, tenkte hun gjennom alt hun hadde sagt og gjort.

I de tingene hun hadde gjort og latt ham gjøre mot henne de siste tre dagene, i hans ord om tillit og omsorg, gleden og smerten han ga henne.

Ubevisst vred hun seg og bet seg i leppen igjen.

Rødmen hennes fylte ansiktet hennes, hennes forlegenhet og ydmykelse tok over alle andre følelser.

Hun var fortsatt litt redd for sinnet hans og hva dette antatte spillet egentlig betydde for henne, men hun følte også hans kjærlighet til henne.

Han var nesten som en farsfigur, streng og streng, men kjærlig mens hun vugget seg slik i armene hans.

Var det galt av henne å tenke på ham på den måten med tanke på hva han hadde gjort og la ham fortsette å gjøre det mot henne?

Han godtok ikke bare spøkene deres, men oppmuntret dem.

Det hadde fått henne til å skrike etter orgasmer, men hun hadde ikke søkt sin.

Tankene hans vred seg med det han følte.

Hun følte at hun ønsket å gjøre dette for ham, det sterke behovet hun hadde følt for å flykte fra ham ble skjøvet i bakhodet hennes erstattet i dette øyeblikket av et ønske om å glede ham mens hun grunnet på ordene hans, omsorgen, tilliten og kjærlighet.

Hun forestilte seg hvordan det ville være å bli knullet av ham og fylt med spermen hans, og hun vred seg i armene hans og presset mot den sterke, harde kroppen hans.

Han satt med henne kosete seg inn i fanget hans og så på ansiktet hennes vel vitende om at hun vurderte alt han hadde fortalt henne mens han matet hennes voksende masochistiske behov.

Han smilte mens han så henne bite seg i leppa og rødme.

Han trengte å eie denne vakre lille jenta, kropp og sjel, for å få henne til å bære smerten hans mer og lide for ham, men han trengte at hun kom til ham villig.

Tankene hans ble mørkere, og det krevde all hans viljestyrke å ikke kaste bort planen hans og ta kroppen hennes akkurat nå for å eie henne og tvinge henne til hans tjeneste.

Hun bestemte seg for at hun måtte finne en av selskapets ludder for å finne ut av frustrasjonen før hun mistet besluttsomheten.

Han slo lett baken hennes og vekket henne:

"Lille tispe, du har vært en ubrukelig personlig assistent i morges, så gå tilbake til skrivebordet ditt og fortsett med arbeidet ditt. Jeg ringer deg hvis jeg trenger deg."

Han smilte mens leketøyet surret kort og fikk henne til å gispe og forstå betydningen altfor tydelig.

Han hjalp henne opp fra fanget og smilte mens han tok inn det rufsete blikket hennes og de skinnende våte lårene hennes.

"Du kan bruke badet mitt til å rydde opp i deg, lille tøs, men la leken stå der den er." Han smilte mens hun gispet og så kort på ham.

"Hvis jeg elsker."

Mens hun skyndte seg til badet og så seg selv i speilet, lurte hun på om hun noen gang ville slutte å rødme når hun var sammen med ham.

Hun fikset sminken sin raskt og tørket bort bevisene på gleden han ga henne, og hun krympet seg da hun snudde seg for å se den røde rumpa.

Da hun forlot badet, så hun at han hadde gått uten et ord og gikk tilbake til skrivebordet hennes og følte seg merkelig alene uten hans konstante tilstedeværelse.

EKSPONERT FORAN ANDRE

Noen timer senere kjente hun at leken begynte å nynne igjen øyeblikk før han kom tilbake og så avslappet ut og smilte lyst til henne.

Han returnerte smilet til ansiktet hennes ved synet av ham, flyttet seg bak henne og så over skulderen på datamaskinen hennes og la begge hendene på puppene hennes mens han klemte dem til hun stønnet sakte.

"Jobber hardt min lille slave?"

Før han rakk å svare, så han Alan vise seg frem med Anne, den blonde bomben fra resepsjonen, ved sin side.

«God ettermiddag, Mr. Clarkson,» smilte Susan, og prøvde å ignorere det faktum at mesteren hennes fortsatt eltet puppene hennes, selv om rødmen som dekket ansiktet hennes sa mye.

"Susan kjære, jeg savnet deg i morges, jeg håper du ikke hadde noen problemer."

Den tilsynelatende alltid sprudlende Alan Clarkson blunket og humret:

«Anne er min personlige assistent nå, og jeg må ta henne med på kjøpet for et par ting, slik at jeg kan trene henne ordentlig i alt den nye rollen hennes innebærer.»

Hun smilte til Susan.

"Robert vil ha noen ting for deg også, heldige jente, men vi trenger å vite noen størrelser og mål. Selv om treningen din har vært veldig praktisk etter det jeg kan se."

Han lo godmodig og så på mens Mesterens hender fortsatt dekket de små puppene hennes.

"La oss gå til kontoret mitt for å lage en liste."

Mesteren hennes lo sammen med Alan, tok henne opp etter puppene og slo henne lett for å få henne i gang.

Han tok henne til midten av rommet, beordret henne og stirret på henne:

"Susan, bli naken så Anne kan få nøyaktige mål."

Han så på henne med et strengt blikk mens hun nølte.

Hun frøs i vantro, leken surret høyere og fikk henne til å gispe og se opp, og han hevet øyenbrynet.

Hun svelget, ristet lett på hodet.

"NÅ Susan!" sinne blinket i øynene hans da han så på henne.

Hun lekte med skjelvende hender, slapp skjørtet og tok av seg jakken og blusen, som hun ga til Anne, som sjekket størrelsene og noterte.

"BH-en også, Susy, du kan beholde den skitne trusa for nå."

Han fortsatte å se sint på henne.

Hun ble forferdet over ordene hans og tok av seg BH-en.

De flyttet fra henne når hun var ferdig med å kle av seg.

De to mennene beveget seg til Mesterens skrivebord for å diskutere listen deres stille, og så på henne på avstand.

Morsomt inni lå hun nesten naken og skalv da Anne rørte ved og tok mål av ulike deler av den lille kroppen hennes, inkludert håndleddene, anklene og halsen i noe som virket som en evighet.

Den blonde kvinnens hender så ut til å tenne henne enda mer da leketøyet nynnet og gjorde henne våtere og brystvortene hennes umulig harde, noe som bidro til hennes ydmykelse.

Alan gliste da Anne endelig reiste seg og rullet opp målebåndet.

"Kom slave, la oss gå på shopping!" Susan ble spent, men han tok Anne i armen og førte henne ut av rommet og ropte over skulderen hans. "Vi sees om noen timer Robert."

Susans øyne ble store ved ordet slave rettet mot en annen jente, og hun snudde seg for å se dem gå.

Han vinket henne om å komme bort, pekte på et sted på gulvet bak skrivebordet hans, nær ham, og så på henne mens den nesten nakne satt på huk på stedet.

"Likte du å ha på deg de skitne trusene hele dagen?"

Han førte en hånd over hoften hennes og fitta hennes kjente fuktigheten hennes.

"Ingen mester".

Han smilte.

"Vel, ta dem av og neste gang du blir fristet til å bruke truser, tenk på hvordan det føltes."

Smilet hans ble alvorlig.

"Du vil aldri ha på deg noe som dekker den lille fitten din igjen uten min uttrykkelige tillatelse. Forstår du meg slave? Ellers vil ubehaget ditt bli mye verre, jeg lover."

Øynene hans søkte hennes og forsikret seg om at hun forsto at dette, som alle ordrene hans, ikke var omsettelig.

Hun trakk av seg den bløte, stinkende trusen, sto skjelvende og naken foran ham, pustet sakte og hvisket:

"Hvis jeg elsker."

Han kjærtegnet baken hennes lett, dyttet henne ned, vippet henne på fanget, snakket lavt, men med en kant til stemmen.

"Siden du er min slave, når jeg ber deg om å gjøre noe du adlyder, er det riktig slave?"

Uten å gi ham tid til å svare, og kjærtegne den vakre rumpa hennes fortsatte han å si.

"Det er det du gikk med på. Men for tredje gang i dag må jeg straffe deg."

Han hadde ikke gitt henne noe rom for å svare og smilte da hun stønnet.

"Din nøling da jeg ba deg kle av deg var ikke akseptabel, du vil adlyde meg slave uavhengig av hvem som er rundt."

Han kjente henne anspent da hun beskrev avskyen hennes.

"Du må stole på at jeg ikke vil sette deg i fare. Alan er også en Mester og Anne er slaven hans."

Han lot tristheten og skuffelsen snike seg inn i stemmen hans.

"Din avslag på å kle av meg da jeg beordret deg til det, var en refleksjon ikke bare på deg, lille slave, men på meg som din Mester."

Hun rykket til ved tonen i stemmen hans, og fant seg skamfull over at hun hadde gjort ham opprørt igjen, behovet for å behage ham hadde vekket henne tidligere og fikk henne til å ønske å be om hans tilgivelse.

Hun begynte å si sin bønn, men dempet den.

"Jeg forstår at du føler deg slave og det gjør meg trist at jeg må straffe deg igjen, men du vil lære å stole på og adlyde meg i alt jeg ber deg om."

Hun stønnet av forlegenhet, så vel som av varmen som ble bygget i henne forårsaket av den strykende hånden hans og leketøyet som surret dypt inne i den dryppende fitten hennes.

Hun kjente hånden hans gå opp og styrket seg og trodde han skulle slå henne, men den ble erstattet av følelsen av en tynn stang som strøk huden hennes.

Da hans venstre hånd beveget seg under henne for å kjærtegne fitta hennes, og tilførte mer glede til blandingen av følelser som strømmer gjennom henne.

Hun vred seg ved berøringen hans, men ga et forskrekket knirk da personalet slo inn i rumpa hennes og bet i kjøttet hennes, og fikk henne til å hoppe i fanget hans med føttene flyvende.

Hun kjente fingrene hans synke inn i fitta hennes og kliten hennes som holdt henne på plass og hun ropte ut igjen, gispene og stønnene hennes ble til smertefulle mjau og erotiske gisp mens han slo henne to ganger til mens han fortsatte å fingere på fitta hennes.

Det dukket opp tre røde, stikkende hull på huden hans for hver av hans overtredelser den dagen.

Han kunne kjenne brønnene brenne på huden hans da den grusomme staven ble erstattet av hånden hans igjen.

Fingrene hans vred seg og trakk i den hovne klitorisen hennes mens han nådeløst slengte inn i de krøllete linjene, noe som fikk henne til å vri seg og bøye seg i fanget hans stønnende av smerte og opphisselse.

Han så på den saftige lille røde kroppen på fanget.

Hans glede og begeistring var tydelig da han så henne glede og gråte for ham.

Han var hennes Mester, et langvarig ønske som ventet på å gå i oppfyllelse.

På slutten av uken ville hun godta plassen sin som slaven hans villig, eller han ville ta henne med makt om nødvendig, men han visste at han ikke kunne la henne gå.

Han snakket igjen med lav stemme og grynt:

"Kom for din Mester, lille slave. Vis meg hvor mye du elsker min straff."

Kroppen hennes forvrengte seg, buet, strakte seg og grøsset da hun eksploderte på hans kommando.

Sinnet hans var fortapt, og svevde i en sky av glede og smerte for tredje gang den dagen.

Hun skrek etter ham og løp.

NYE KLÆR TIL SUSAN

Susan våknet fortumlet og forvirret , alltid fortsatt naken .

hun koset seg seg på _ stor , med skum stappet sofa i hans kontor i mesterens armer . _

holdt han du skånsom og beskyttende som den ene søt kjæreste .

Kroppen hennes fortalte henne imidlertid noe annet, og hun trengte desperat å strekke de verkende musklene.

Forsiktig prøvde hun å frigjøre seg fra armene hans, bare for å føle seg strammet rundt henne.

Hun ga opp, rullet armene bak ryggen og strekker ut kroppen, kjente musklene protestere og kjenne mer smerte.

Hun møtte øynene hans mens han så på henne.

Hun brøt til slutt klemmen og la hendene hans over kroppen hennes mens hun strakte seg som en katt.

"Du tilhører meg." Han sa bare.

Slå lett på hoften hennes

"Det begynner å bli sent lille Susy, du har sovet en stund, jeg har en bil som venter på at du skal ta deg hjem."

Han smilte forsiktig til henne.

"Du må kle på deg og gå hjem før jeg finner flere ting du kan gjøre her."

Øynene hans ble store og han lo.

"Du kan fortelle alle som spør at jeg holdt deg sent på jobb for treningsformål."

Han lo oppriktig av det røde ansiktet hennes mens hun reiste seg og så på kjolen hennes.

Hun rykket og kjente en virvelvind av uro da hun strøk skjørtet over buksen.

Hun gikk en kort stund på badet for å få gjort håret og sminken så godt som mulig før hun gikk bak skrivebordet for å hente de kasserte skitne trusene.

Truser i hånden presenterte hun seg lydig og spurte:

"Unnskyld meg for dagen, mester?"

Han smilte til henne og reiste seg for å kysse henne dypt.

Hun utløste et lite skrik overrasket da hun kjente leppene hans på hennes, overrasket over kysset.

Til alt i det siste dager skjedde , dette var henne først mer riktig kyss og henne smeltet Med ham .

Han bar dem til hans skrivebord uten kyss _ _ til bryte .

Han la den forsiktig på bordet med den du deres lomme hente kunne , og snakket mykt :

"Ja, slaven min, jeg likte deg endelig i dag."

Han lot et snev av et smil krysse ansiktet hans mens han ertet henne.

" Gå etter hjem før jeg ombestemmer meg vurdere ."

Han klappet henne på rumpa og nøt stønnene hennes. Han forlot henne og gikk tilbake til kontoret sitt.

jeg var mer som fornøyd .

Men han visste det ikke hva han forvente ville , som hun våknet neste morgen . _

spurte han selv om han ville straffe henne på dagen hans til langt brakte med seg hadde .

Han smilte for seg selv.

Hun var søt i sitt naturlig innlevering , og skjønt du en gang i løpet av dagen gå virket hun var ble værende .

* * *

Bilen ventet på dem, som han hadde sagt.

Sjåføren var vennlig og en gang inne ga han ham en pose fra en lokal restaurant.

"Mr. Robert ba meg skaffe deg noe å spise, da han ville gjøre deg opp sent til en treningsøkt."

Han smilte av overraskelsen og den rosa fargen som rant nedover kinnene hennes mens hun tok opp posen og takket.

Veien hjem var stille.

Han stirret på henne i speilet mens hun stirret ut av vinduet uten egentlig å se landskapet. Øynene hennes var fortapt i tankene om dagen hennes.

Han smilte mens fingrene rørte ved leppene hans, og tenkte på alt som hadde skjedd.

Og det som skjedde, det var kysset hans som ble forsinket.

Sannheten var at hun likte tingene han fikk henne til, ting hun aldri ville ha gjort alene eller sammen med kjæresten.

Hun likte å kunne utgi seg for å være en "flink jente" som ble tvunget i stedet for å innrømme at hver ny opplevelse han ga henne begeistret sinnet og kroppen hennes.

Men av alle disse tingene var det kysset som ble med henne.

Intimiteten til hans dype og lidenskapelige kyss hadde vært veldig forskjellig fra den autoritative og sammensatte måten han hadde provosert kroppen hennes på, og brakt glede og smerte som fikk henne til å føle seg skyldig og skamfull, trengende og savnet.

Hun visste at det hun gjorde som slave ikke var riktig og frem til i kveld hadde hun lurt på hvor dårlig hun kunne være før uken var over.

Han berørte leppene igjen, men på en eller annen måte virket det ikke som om kysset fikk ham til å føle seg så dårlig.

Han hadde kjent sin kjærlighet og lidenskap for henne i det ene kysset.

* * *

hun kastet ned på sengen hennes og rullet over seg selv rundt , som du prøvde til sove .

"Hun vokste opp med å kjenne ham som en del av familien hennes, nesten som en onkel. Hun elsket hans overbærende, hjemmekoselige kone og var venn med sønnen hans!"

Hun trakk av dekslene og stirret full av Følelser av skyld og skam i taket .

"Hva er Med ham skjedde ?"

stønnet hun mykt som hånden hans _ Kropp kjærtegnet dagen ennå en gang levd gjennom , henne sinne , hennes frykt, henne skuffelse , henne skam deg _ ønske , du trenger , ham til falt og til slutt lidenskapen til kysset hans .

Hun kom den dagen _ _ fjerde gang og sovnet tross alt a .

* * *

Han våknet og krøp inn i dusjen . Hans skyld og skam kom tilbake til ham.

Hun var nesten redd for å gå på jobb og finne ut hva dagen hadde i vente for henne. Hun følte seg dårlig og vurderte et øyeblikk om hun skulle ringe for å si at hun var syk før hun ristet på hodet.

Panikken forlot ham da han kom ut av badet, og han bannet i pusten da han skjønte at han ville komme for sent.

Han kledde seg raskt og løp ned trappene for å fly ut døren.

Han løp ut for å legge seg rett i sjåføren sin fra dagen før.

Han pakket du , som du løp til bussen .

"Susan"

hun så høy .

" Ro deg ned jente . Mr. Robert tok meg sendt for å hente deg i morges ."

Hun gikk tilbake og åpnet døren som førte henne inn i bilen .

hun adlød lydighet lamslått om hans tilstedeværelse .

Mens han klatret opp, så han to bokser på setet ved siden av seg.

Den ene inneholdt kanelkaker med smilende ansikter og favorittjuicen hennes.

Og i ett større boksen var en notat til henne regissert .

Hun leser:

" God morgen min Slave Jeg håper du sov godt jeg gjorde før , på deg som synes at mest verdifulle skatten å se opp for , men det er fortsatt mye av til lær hvordan du kan glede din mester _ kan . Du er ung og vakker, du bør ikke bruke de gammeldagse arbeidsklærne som moren din valgte deg. Spis en rask frokost og ta på deg dressen fra denne esken før du drar på jobb. Ikke bekymre deg for sjåføren, stol på og adlyd. Robert. "

Hun banket sjåføren på skulderen og spurte om _ _ dem på en kafé eller et sted Med en baderom Stoppe kunne , men han ristet på hodet.

" Nei . De ba meg ta det opp uten stopp , frøken."

hun avslo seg selv tilbake og lurte på hva jeg skulle gjøre . _

Hun ønsket ikke å bli straffet så snart hun kom inn.

Etter å ha fullført kakene og juicen, floppet hun inn i et hjørne av bilen, og klemte jakken til brystet mens hun trakk på seg den hvite silkeblusen hun hadde tatt fra esken.

Brystvortene hennes stivnet og presset seg gjennom det myke materialet ved tanken på at sjåføren så på henne, men hun ville ikke se seg i speilet for å sjekke.

Hun trakk det mørkeblå plisserte skjørtet fra esken og bøyde seg fremover for å skjule nakenheten.

Hun tok av seg skjørtet og satte det nye på plass.

For å se best mulig ut hadde hun tatt på seg blusen og plisséskjørtet i stedet for blusen og skjørtet hun hadde på seg.

Han tok en liten jakke fra esken og la den på setet ved siden av seg. Han sjekket boksen for å sikre at den allerede var tom.

Hun fant lårhøye hvite blondestrømper og en mindre lapp...

"Hold opp skjørtet mens du tar på deg strømpene og sjåføren vil gi deg den siste delen av antrekket. Stol på og adlyd, lille slave. Robert."

Hun antok, flau, at han sannsynligvis hadde sett henne endre seg, så hun gikk opp skjørtet og dro strømpene på plass igjen, strikken strakk seg oppover lårene hennes.

Sjåføren smilte i speilet og ga henne et par mørkeblå høyhælte sko som passet til dressen.

Med rød ansikt tok skoene hennes _ Med en mild " takk " og legg den fra deg deres klær inn i tomrommet boks .

Han satte seg tilbake, tok på seg skoene og unngikk sjåførens øyne resten av reisen.

***

Da hun gikk ut av bilen og tok på seg dressjakken, fant hun ut at de brede jakkene hennes rammet inn de runde puppene hennes og de to nederste knappene trakk henne fra midjen for å utvide de små hoftene.

Hun glattet ned det korte plisserte skjørtet som så vidt dekket toppen av strømpene og lente seg mot bilen.

Hun innså at den nakne bunnen hennes ville bli vist for sent, tok hun esken med de gamle klærne sine og gikk raskt inn i bygningen og ignorerte smilet på sjåføren.

Hun takket for turen og han ønsket henne en god dag.

***

Hun nådde skrivebordet hans, stakk vesken og boksen under ham, og gikk stille inn på kontoret hans for å vente på at han skulle legge merke til når han hadde avsluttet en samtale.

Han smilte lavt og pekte på et sted foran skrivebordet.

Hun tråkket nervøst i hælene som du fortsatte til kontoret .

Hun sto foran ham når han rundt henne skrivebord gikk rundt og hun stille inspisert .

Hånden hans beveget seg seg selv ovenfor deres lår og under deres kort skjørt til henne ass til pakke og gå klemme . Hun smilte da _ du bet henne i leppa og lukket pust kom .

"Vel, min lille slave, du har gledet meg med din lydighet. Dette er et av antrekkene Alans slave valgte ut til deg i går, liker du det?"

"Å ja, mester. Takk."

Hendene hans omsluttet de vakre puppene hennes og lekte med brystvortene gjennom det rene stoffet, noe som gjorde dem harde som pilspisser.

"Ta av deg jakken."

Han så på de uttrykksfulle øynene hennes, strammet grepet og trykket de harde knappene mellom fingrene hennes mens hun dro av seg jakken.

Pusten hennes trakk seg, øynene ble store og et stønn slapp unna henne.

« Slik herlig liten tispe , min Sjåføren var så imponert ."

Øynene hans vandret over henne.

«Jeg hadde riktig , du kan være i dette antrekket som slem skolejente søke ."

Han tok et skritt tilbake , lente seg seg selv tilfeldig på pulten og sagen til , hvordan hun rødmet . _

"Ta av slaven, alt annet enn sko og strømper. Det er andre ting jeg vil at du skal ha på deg før vi starter dagen."

Han vendte tilbake til henne mens hun kledde av seg, han kjærte forsiktig rumpa hennes før han slo den og lente seg inn i øret hennes for å knurre:

"Mester nyter den rosa rødmen på baken."

Han klemte rumpa hennes til hun stønnet, gliste og slo henne igjen.

Han tok armen hennes, førte henne rundt skrivebordet og plasserte henne ved siden av seg mens han satte seg ned.

"Knel ned, slave."

Hun knelte mens han så på henne.

"Dette er det rette stedet for en slave, og du vil lære det godt i dag. Når du kommer til meg vil du alltid knele."

"Ja absolutt"

Hun så på mens han åpnet en skuff og dro ut flere gullkjeder før hun snudde seg tilbake til henne.

Han snakket lavt, men strengt.

"Det er ting du vil ha på meg som ikke er klær. Legg hendene bak nakken og hold dem der." Han så forvirring fylle ansiktet hennes da hun flyttet hendene bak nakken hans og snøret fingrene deres.

Han gjennomgikk posisjonen hennes kritisk og rakte ut for å trekke albuene hennes bakover, noe som fikk henne til å bue seg inn i ham og dytte puppene hennes fremover.

Han strøk henne grovt og ertet brystvortene med flere klyper, snakket han igjen.

"Jeg vil ikke kreve at du stikker hull på disse ennå, men jeg skulle ønske de var skikkelig dekorert."

Han valgte et kjede og dro i brystvortene hennes og førte dem gjennom små ringer i hver ende av kjedet.

De var sterke nok til å holde kjedet uten å skade huden.

Han trakk i kjedet og slo den venstre puppen hennes, noe som fikk henne til å stønne og tårevåte.

Kjedebåndene strammet seg rundt brystvortene hennes mens brystet hennes hovnet opp.

Etter å ha klappet puppene hennes flere ganger, tok han tak i kjedet og strammet, og strakte kjøttet på puppene hennes før kjedet løsnet.

Hun stønnet, skalv, og tårene rant nedover kinnene hennes fra brodden.

Halen hans rykket da han så på henne.

Hun gjentok prosessen, grovt klemte og klemte brystvortene og slo brystene hennes mens hun prøvde fem forskjellige kjeder, trakk hver av brystvortene med kraftige trekk mens hun prøvde en annen kjede.

Halskjedet hun til slutt valgte, var utsmykket med små bjeller som hang fra løkkene som klirret med hvert slag.

Nå fikk hun tårer i øynene av smerte da han korrigerte holdningen sin nok en gang.

Han brukte skoen til å presse seg av knærne og gryntet.

"Åpne lårene dine lille tispe jeg vil se fitta din skinne mens du nyter smerten jeg gir deg."

Rødmen i ansiktet samsvarte nesten med de røde håndavtrykkene som dekket puppene hennes mens brystet hev seg.

Hun kjente fittens krampe og han dryppet enda mer av ordene hans.

"Hvordan kunne han nyte det?"

Brystet hamret før varme og smerte .

«Det må være noe ikke med meg enig , det var ikke normalt. Det var ingen mild kjærtegner eller engstelig utseende imellom dem . Bare kommandoer , lydighet , smerte og glede ."

Henne gjennomføringer flyktet komme tilbake til til Kyss fra dagen før og leppene hennes skalv sammen Med henne kropp , som du i å huske følelsene de har _ følte hadde , grøsset .

Han dyttet skoen hennes mot deres fitte , gned hans tå under til skinn på hennes hoven klitoris og sag til , hvordan henne gisper gått opp i vekt og du Kropp skalv hva jeg skal gjøre ledet den lille _ _ klokke lykkelig ovenfor deres sår rødne pupper ringte .

Jeg kunne kjenne varmen i hennes Øyne se som _ deres hofter ovenfor rullet skoen og ham _ gnidd .

Han fortsatte å leke med fitta hennes og gned det harde skinnet mot hennes hovne klitoris og dryppende hull.

Kroppen hennes fortsatte å kruse og svingte hoftene mot skoen hans for nytelsens skyld.

Han strøk fingrene gjennom håret hennes, vred det mens han trakk hodet hennes bakover og lente seg inn for å nesten presse leppene hans mot den gispende munnen hans og hvisket hardt,

"Kom til din herres glede, lille tispe som liker smerte. Du er min."

Han så på mens hun bøyde seg tettere mot skoen hans, strakte seg og grøsset før hun skrek med spermen som dekket over lårene og skoen hennes.

"Hun var så vakker på knærne før ham ."

Han så inn i hennes øyne enn halen _ _ ble smertefullt hard og fanget i buksene .

Han holdt hånden i håret hennes og slapp det sterke grepet for å stryke henne når hun roet seg.

De skjelvende bena hennes bøyde seg for å legge bunnen hennes på hælene.

Da hun kom seg etter løpeturen, sa han til henne:

" Rengjør skoen min . Slave "

Da han så hvordan du seg selv flyttet hånden hennes tett inn i håret hans til løftet , dyttet han hodet hennes ned nedenfor .

"Med tungen din, lille tispe, smak hvor søt du er."

Han så hodet hennes bøyd for føttene hennes i tilbedelse og smil.

Nesen hennes rynket av avsmak og ansiktet rødmet klart mens hun slikket saftene av skoen.

Han holdt henne mot skoen sin til han var fornøyd med at hun var ferdig.

Han dyttet føttene hennes bort og holdt en arm over henne mens hun reiste seg på hælene, mens klokkene på brystvortene hennes klirret søtt.

"Du er opptatt i dag slave, så du har sett den kåte tispa du har."

Han avbrøt henne med et slag på rumpa, så satte han seg tilbake og så på mens han kneppet blusen hennes over hennes nå utsmykkede pupper.

Kjedet som fikk brystvortene til å sprette deilig mot den rene silken, klokkene godt synlige under.

Han kastet et blikk tilbake i den åpne skuffen, stakk de ubrukte kjedene i lommene og tok tak i en annen gjenstand før han sto og inspiserte den da han var ferdig.

Han klemte de lenkede brystvortene hennes mellom silkene, dro henne til skrivebordet før han slapp fingrene hennes og snudde henne opp ned og slo henne i rumpa igjen.

Hun stønnet og fuktet øynene igjen mens hun tok inn den konstante smerten og varmen han overøste henne med i morges.

Hun skalv da han forklarte at han ville bruke noe annet denne morgenen og at jo raskere hun fullførte oppgavene han hadde gitt henne, jo raskere ville han ta det fra henne.

Hun så nysgjerrig på mens han bar en liten rosa plastgjenstand foran ansiktet hans.

Denne var formet som en liten gulrot, men nysgjerrigheten hennes ble erstattet av frykt da han forklarte hvor han ville bruke den.

Hun vred seg under hånden hans på ryggen og presset bena hans mot hennes.

Jeg kunne kjenne den harde kuken hans i buksene.

Bilder av ham mens han hadde fylte tankene hennes mens hans sterke grep slappet av for å kjærtegne henne mer forsiktig.

Stemmen hans hvisket søtt i øret hennes for å roe henne.

Da han så frykten sive inn i øynene hennes, stoppet han nesten, men hun hadde gjort det så bra i sin lydighet til det hun ville denne morgenen.

Hun trengte å vite at ingenting han ville be henne var forbudt for henne, så hun lente seg inn i øret hans og hvisket:

"Du, slaven min, vil bære dette fordi jeg er din herre og det liker jeg."

Hånden hans plasserte leken på skrivebordet mens han kjærtegnet den myke huden på rumpa hennes.

"Lille slave, du vil glede din herre, gjør du ikke?"

Han snakket og klappet henne som et fæle kjæledyr.

Hvisker hans behov for å eie hver del av henne, for å dominere henne og eie henne fullstendig.

Han beveget hånden, strøk det rosa kjøttet av rumpa hennes og kjørte en finger mellom baken hennes over den våte lille fitta hennes. Han provoserte henne ved å stryke forsiktig baken hennes, smøre saften hennes igjen, men denne gangen over det mørke, skjeve hullet i bunnen.

Hun løftet leken foran ansiktet og hvisket:

"Du skal bruke dette, slave, for meg, din herre."

Hun rullet leken over den våte fitta hennes, dekket den inn i spermen hans og presset den deretter mot rumpa hennes.

Han så henne spent og knyttet, løftet hånden fra ryggen hennes og slo henne lett tilbake.

"Slapp av lille slave, stol på din herre."

Han klemte den lille tappen hardere og så på mens analringen hennes sakte strakte seg rundt ham.

hun følte bølger mer motstridende følelser i seg selv stige .

Siden han er hennes nåde ble levert , bite du seg på leppa og visste hvordan varmt det var for ham .

De gjennomborende fingrene hans ble varme deres følsom fitte igjen , som du kjente den andre hånden hans på hennes _ ass spilt .

Hun grøsset da hun hørte hviskingen hans og kjente den harde kuken hans mot hoften hennes.

Mens han tok leken og lekte mer med fitta og rumpa hennes til hun ikke orket mer og hun stønnet og beveget hoftene igjen.

Hun kjente at han presset pluggen opp i rumpa hennes og presset den mot henne.

Hun spente seg og han slo henne.

Han lukket øynene og trakk pusten dypt, og mjamte over den merkelige følelsen av å bli knullet med rumpa.

det føltes føler meg så stor inni henne men _ du visste at det ikke var sånn .

hans tanker svaiet mellom varmen _ av deres fuktig fitte og dem ikke så vondt , men opphissende føler på henne ass , som seg selv henne Analring rundt pluggen strammet for å holde den på plass hold .

Han gryntet mens han så pluggen forsvinne inn i jenta som sutret mot ham.

Han lengtet etter å se ansiktet hennes mens hun hadde på seg pluggen, og løftet henne opp slik at skjørtet dekket ryggen hennes.

Mens hun så på ham med våte øyne og rødmen på kinnene hennes lyste.

Han slo henne på rumpa og grep pluggen med fingrene for å leke med den mens han så følelsene dekke ansiktet hennes.

Han smilte inn i det myke ansiktet hennes mens han lente seg inn for å kysse de skjelvende leppene hennes.

"Du gjorde meg veldig glad i morges, slaven min. Men jeg advarer deg om at dette vil bli en ganske lang dag for deg. Så hvis du har noen planer for i kveld, må du avbryte. Tenk på en unnskyldning." Han smilte til henne.

"Og du kan fortelle foreldrene dine at du vil delta på en forretningspartnermiddag med meg siden jeg trenger dine ekstraordinære og unike ferdigheter."

Hun hørte ham bite seg i leppa og rødme mens han lekte med pluggen på rumpa hennes og knyttet fitta hennes til ordene hans.

"Han likte henne!"

Hun ble overrasket over hvordan hun føler når kysset hans gleder henne.

Hun gikk frem for å børste hanen hans og skjønte hvor gjerne hun ønsket å føle det inni seg i stedet for lekene han lot henne bruke hver dag.

Erkjennelsen av dette fikk kinnene hennes til å brenne enda mer, og tankene hennes etterlignet hans befalende tone:

"Du, lille Susy, har blitt horen hans."

Hun kunne ikke annet enn å glede seg over å glede ham i møte med gårsdagens skuffelser.

Skam og ydmykelse av hvordan hun gledet ham kom over henne kort.

Han løftet hodet hennes mot haken hennes og så inn i øynene hennes, så de motstridende følelsene hennes, smilte og kysset henne dypt.

Hun smeltet igjen.

***

Hun satt keitete ved skrivebordet og ringte foreldrene for å fortelle dem at hun skulle på jobblunsj, en venn hun trodde kunne møte på kaffe etter jobb, og kjæresten som hun allerede hadde satt av til helgen.

Så telefonsamtalene ble raskt avsluttet, og hun sendte en øyeblikkelig melding til Mesteren sin for å gi ham beskjed.

Han kalte henne tilbake til kontoret sitt, og hun gikk inn i rommet, lukket døren bak seg og gikk til skrivebordet før hun knelte for å stå foran ham.

Han inspiserte den og justerte posisjonen før han fortsatte.

Hun lyttet oppmerksomt mens han forklarte knelende posisjon til slavene: knærne åpne, hendene bak ryggen, hodet litt på skrå mot ham, leppene delte.

Hun forklarte slavenes sittestilling, som var veldig lik knelende, som gjorde at hun kunne hvile knærne ved å sitte med rumpa på hælene.

Hvis du blir bedt om å møte når du står på knærne eller står, vil du klemme hendene bak nakken og trekke albuene og skuldrene tilbake som før.

Han ba henne øve på dette og, med en kommando på ett ord, å knele, sitte eller møte seg selv mens hun fortalte ham om gjøremålene resten av dagene.

Det ville være en sen lunsj med noen venner fra klubben hans på kontormøterommet hans.

Du trenger ikke lage mat eller servere i dag, men andre ganger vil det være en del av pliktene dine.

Han advarte henne strengt om at hun ikke måtte nøle med å adlyde hans ordre i dag eller at straffene ville bli langt større enn det hun opplevde i går.

Hun grøsset og hvisket:

"Ja mester".

"Du vil stole på meg, lille Susy, at av alle eiendelene jeg har, er du den mest dyrebare."

Han så inn i øynene hennes og så øynene hennes utvidet seg i forvirring.

"Ja slave, du er min eiendom. Du er en dyrebar skatt og du tilhører meg."

hjernen hans skrek han :

"En uke Jeg aksepterte , det var et spill!"

hans tanker snudde seg selv : "Han husket seg selv Ikke en gang husker hans godkjenning for uken til Uttrykk brakte med seg til har . Hvordan gikk han med på det? Han snakket som om han ville beholde henne som slaven sin for alltid!"

Ansiktet hans viste hans voksende følelse av frykt før munnen hans falt ned over hennes i et dypt, lidenskapelig kyss.

Hun kunne føle lengselen hans, behovet hans for henne, kjærligheten hans i det kysset, og hun smeltet inn i tankene hennes, sluttet å spørre ham og husket at han hadde lovet at de skulle snakkes innen slutten av uken.

Han avbrøt deres kyss , rose ned på kne der hun ble andpusten og snudde seg til henne _ skrivebord .

Han la seg flere Filer på kanten av hennes skrivebord , altså du du personlig til noen av lederne å distribuere kunne , og i den rekkefølgen de du arrangert hadde også _ en liste Med forskjellig oppgaver for helheten Selskapet , inkludert anmeldelsen . _ å lage mat til lunsjen.

Hun tok alt han forklarte henne og sa lavt:

"Ja, mester," da han så ut til å være ferdig, men ble der han var inntil annet ble fortalt.

Han så på klokken og foreslo:

"Du bør skynde deg, lille slave, treningen tok lengre tid enn planlagt og du har fortsatt mye å gjøre før gjestene mine kommer."

Han vendte brått tilbake til arbeidet sitt, og hun knelte et forvirret øyeblikk før hun reiste seg, tok tak i filene og listen og gikk tilbake til skrivebordet hennes for å sortere oppgavene og hvordan de best kunne gripe dem an.

Hun sendte ham en øyeblikkelig melding for å informere ham om at hun dro fra kontoret hennes.

"Skynd deg, slave. Du har to timer. Ikke dvel, for hvert tiende minutt hvis du kommer for sent, vil jeg straffe deg."

Hun blinket denne svarmeldingen på skjermen og skyndte seg bort.

Hun fant ut at hennes nye, over gjennomsnittet hæler fikk hoftene til å svaie mer, og det plisserte skjørtet rullet og spratt for hvert steg.

Han holdt filene til brystet for å forhindre at klokkene ringer.

Han ble nesten fløyet til kjøkkenet og andre gjøremål før han overleverte filene for å beskytte seg så lenge som mulig.

Hun smilte og snakket lite mens hun sjekket kjøkkenene og andre små, enkle å utføre oppgaver. Hun var fortsatt godt klar over kjeden og koblingen hun brukte på ham og bekymret for at varmen hun hele tiden kjente mellom bena skulle bli tydelig for alle. person, av alle som har sett dem.

Han sjekket glad klokken sin etter hvert, og begynte etter hvert personlig å overlevere filer og notater til ledere.

Hun var klar over hvor kort skjørtet hennes var og hvor tynn toppen var over de lenkede puppene uten bh, og rødmet rasende da filmottakernes øyne feide over henne eller holdt seg for lenge på henne.

Hun prøvde å holde filene teipet til brystet, men mesteparten av tiden ba de henne legge dem på bordet og vente mens de sjekket hva hun hadde tatt med.

***

Til tross for at han holdt øye med klokken, skjønte han at han allerede ville komme for sent tilbake til skrivebordet når han nådde sin siste oppgave på Alan Clarksons kontor.

Da Susan så Anne ved skrivebordet smile til henne, rødmet hun og gikk nærmere.

"Takk for det vakre antrekket, Anne. Det passer Perfekt til meg." nærmest hvisket Susan.

Anne fniste fornøyd.

"Jeg ser hvor godt det passer deg! Å, kjære, jeg synes det er fantastisk, selv om jeg allerede hadde forestilt meg at det ville passe deg veldig bra. La meg fortelle mesteren at du er her, at han også vil se!"

"Jeg har en fil til ham."

utbrøt hun rystet og innså at Anne også var en slave.

Susan så på henne med mer kritiske øyne, og la merke til hvordan hun var kledd.

"Flott. Så vi gjør to ting på ett besøk," blunket han og lo igjen mens han skrev en direktemelding på skjermen og ventet på svar.

Hun lo av svaret hans og forklarte at han likte analogien til de to målene.

Han gikk ut bak skrivebordet og tok Susans arm da han førte henne inn på Alan Clarksons kontor.

Alan kom ut bak skrivebordet sitt.

"Gi meg filen og la meg se på deg , Susan, kjære."

Han så på henne som en sulten ulv som strakte seg etter filen.

Han rødmet dypt og ga henne filen.

Han laget en «hmm»-lyd og ringte rundt henne.

"Vis deg selv lille Susan."

Øynene hennes utvidet seg og hun så inn i ansiktet hans for en spøk, men så ingen, så hun utvidet holdningen og løftet hendene til nakken hans.

"Åh bjeller, så fint. Jeg visste at han ville ha 'bjeller til Susan sin.'"

Han lo høyt og slo Anne på rumpa og sa:

"Jeg har ikke fortalt deg det!"

Uten å vite hva hun skulle gjøre og ikke ønsket å virke ulydig, frøs hun før denne Mesteren kom tilbake for å ta hennes plass mens han så på henne.

"Hopp Susan, jeg vil ha klokkene høre ."

Hun hoppet og han viftet med hånden for at hun skulle fortsette.

Hun prøvde, men sprangene hennes var små da hun vinglet i hælene og krympet seg da skjørtet hennes reiste seg og falt, og avslørte nakenheten hennes under.

Den falt nesten av på et øyeblikk før han rakte ut hånden. og tok tak i armen hennes for å støtte henne.

"Takk, Mr Clarkson." Hun gispet.

"Du vet Susan, du har de mest fargerike lekne brystene jeg har sett på lenge. Du bør vurdere å ta hull i brystvortene. Brystene dine ville se enda mer velsmakende og uimotståelige ut for din herre." sa Alan veldig alvorlig mens han studerte henne.

Hun bleknet når han snakket.

Han må ha sett blikket i øynene hennes da han snudde seg raskt mot Anne.

"Ta av deg skjorten så Susan kan se din."

Han snudde seg mot Susan.

"Hun fikk dem gjort kort tid etter at hun begynte i selskapet."

Susan så på den blonde kvinnen som ikke kunne møte øynene til Alan mens hun rødmet enda mer.

Anne hadde på seg en BH som ikke dekket de store brystene hennes, men støttet dem som en hylle.

Brystene hennes var utsmykket med brede og lange gyldne øredobber som hang fra brystvortene.

Susan frøs til Alan hektet fingeren i den venstre ringen og løftet den, og tvang brystet hennes til å utvide seg til en kjegleform, noe som fikk Anne til å stønne gutturalt.

Alan slikket seg om leppene og smilte.

"Hun er bare vakker, er hun ikke Susan?"

"Ja, herr Clarkson."

"Uimotståelig som jeg sa, men vi må alle jobbe før vi kan spille." Han smilte smittende til henne og blunket til henne, "Du bør løpe til skrivebordet ditt Susan, mesteren din vil vente på deg, det er jeg sikker på. Gi ham beskjed om at jeg skal se på filen før lunsj i dag. Vi sees der. "

Han humret og sendte henne tilbake, mens han fortsatt holdt fast i en sutrende Anne for gullringen.

"Ja, Mr. Clarkson," sa Susan, snudde seg og nesten løp ut av kontoret. Hun lukket stille døren bak seg.

Han trakk pusten dypt for å roe seg og skyndte seg tilbake til Mesterens kontor.

På vei tilbake til skrivebordet hennes ville hun ikke stoppe eller snakke med noen. Hun gikk med hodet ned, skjulte rødmen og lente seg fremover for å prøve å skjule puppene som klirret.

Han ankom skrivebordet sitt på rekordtid og sendte ham en umiddelbar melding for å fortelle ham at han var tilbake.

STRAFFENS ROM

Han ringte henne umiddelbart.

Han dukket inn på kontoret og falt på kne like utenfor døren.

Han reiste seg og gikk bort til henne ved inngangen til rommet. Han bjeffet:

"Følg meg. Du er sent ute."

Han spratt opp og løp bak seg inn i et tilstøtende rom, bare noen få skritt bak ham.

Dette rommet hadde en merkelig dekorasjon.

han snudde seg se deg rundt

" Kled av deg , men _ tegne din Strømper på."

Det fulgte hun raskt etter kall av hans ordre , adlød ham uten å tenke , ble naken og skjelvende mens klokkene _ _ av deres pupper ringte .

Henne Merk følgende fokusert på ham som _ _ du så ham en _ _ Skuff åpnet og inn hvit korsett trukket ut .

Han gikk bak henne, surret korsettet rundt kroppen hennes og begynte å knytte det godt rundt livet hennes.

Skålslagene fulgte kurven til de lekne puppene hennes og endte rett under brystvortene hennes.

Små, harde, lenkede rosa knopper ruvet over gullkjeden og klokkene, og tilførte stønnene sine.

I mellomtiden så hun fortsatt uten å se veggen, og fokuserte deretter på hendene. Hun satte pris på følelsen av korsettet han brukte til å binde henne.

Han slo baken da han var ferdig.

Hun knirket mer overrasket enn smerte da han tok henne opp som en dukke, kastet henne og festet henne til en polstret bjelke som var en del av rommets merkelige møbler.

Hun var høy og dinglet etter bena, sparket i strålen for å gjenopprette balansen mens hun slengte baken igjen.

Han gikk bort og spurte henne litt.

"Hva tok deg så lang tid, lille slave? Bortkastet tid for alle lederne å se hvilken flott hore du er med dine nye klær og tilbehør?"

Hun stønnet og rødmet enda mer.

Henne ansikt ble til skarlagensrød når hånden på hennes rumpe skrevet ut ble .

Hun kjente at han beveget seg og strøk mot henne mens fingrene spredte baken hennes og famlet etter henne.

Hun så på ham over skulderen mens han så på rumpa hennes og rødmet enda mer, hennes ydmykelse over å ha mishaget ham og den sårbare stillingen han fikk henne til å bøye seg for ordene hans.

Pusten hennes var vanskelig på grunn av det stramme korsettet, så hun begynte å gispe og stønne.

Hendene hans delte baken hennes og han så ned på den gjenstridige leken mens hun skalv og rumpa hennes klemte den.

Han strøk hendene over den glatte huden hennes, og gledet seg over det faktum at hun var hans å dominere og nyte som han ønsket.

Han så på den glinsende våte fitta hennes mens fingrene hans lekte med pluggen han knurret:

"Jeg kan se at du likte å bruke det for meg din lille tøs."

Han snakket med en kant til stemmen mens han strammet pluggen litt slik at anusen hennes sakte strakte seg ut foran øynene hans.

Hun stønnet nesten andpusten.

"Ja mester".

Han smilte og nøt synet og lyden av den perfekte lille kroppen.

Klagemusikken hans i ørene hans mens han trakk ut støpselet, og så sakte at ringen på anusen hennes åpnet seg og sakte trekker seg sammen som en stram mørk stjerne.

Han ertet henne igjen med fingeren:

"Hver del av deg tilhører meg, lille slave! Ingenting er forbudt for din herre."

Fingeren hans stakk inn i henne og hørte henne skrike som svar på ham.

Han kunne kjenne at hun hungret etter at han knapt ble kontrollert, så han trakk hånden bort og gikk bort fra knurringen hennes:

"Du skjønner at jeg må straffe deg for å komme for sent nå, gjør du ikke?"

"Ja absolutt."

Hun kjente stikket på bunnen, ikke så ille som i går, men nok til å få henne til å gispe og miste balansen på strålen igjen mens hun vugget og gynget.

Han kunne føle verden, en prikking brant i kjødet hans og han begynte å si unnskyldninger og unnskyldninger.

Han stilnet henne med nok et stikkende piskeslag.

Fortsett mens fingrene hans løp over de to rørene.

"Du må ha kastet bort tiden din siden du var førtifem minutter forsinket."

Pisken traff henne to ganger til på rad og hun hylte og rykket på strålen.

"Og for de ekstra fem minutter ..."

pisken _ landet hardt på hennes lår .

stønnet hun Med tårer dere _ ansikt uskarpt , som piercing welts brennende smerte ovenfor deres Kropp utstrålte .

Han kunne se hvordan _ deres fitte før fuktighet glitret , så han pisket pisken imellom deres bena og gned flaten _ skinnspiss ovenfor deres klitoris .

Hun gispet og skalv.

Han fortsatte å leke med henne, presset en finger opp i rumpa hennes mens hun skalv og stønnet, hoftene hennes presset mot den hovne kliten hennes mellom hånden og pisken.

Han begynte å pumpe sin sterkeste finger inn i henne, og la til en andre finger da hun gjorde motstand og mjauet i nød.

Hun kom eksplosivt og falt nesten av bjelken, men hånden hans gravde seg inn i rumpa hennes.

"Hva slags slem tispe er du? Hvordan liker du smerte?"

Han trakk fingrene bort fra henne da han så kroppen hennes rykke med spasmer.

"Du må vente på at din herre skal fortelle deg når du kan komme, slave."

pisken _ boret seg selv fortsatt en gang i henne kjøtt og henne skrek .

"Forstår du meg, slave?"

"Ja absolutt."

Hun hylte da pisken igjen forårsaket en veldig brennende smerte nedover lårene hennes.

Hun kjente mer enn hun så den lille elastiske tøystrimmelen han dro opp bena hennes og viklet rundt midjen hennes før han dro henne av bjelken og løftet henne til ustøe ben.

Hun så ned, stripen med materiale var bred nok til å dekke kjønnet hennes, og først trodde hun at det kunne være som et belte.

"Vis slave," sa han mens han la hendene på midjen, utvidet og justerer stillingen til lårene og rumpa med hver bevegelse.

Hun skjønte nå at det var et slags skjørt.

Hun gikk til et skap, trakk frem et par hvite hæler og la dem ved føttene hennes slik at hun kunne ta på seg.

Han sirklet rundt henne og la fingrene langs de rødkantede linjene som viste under det fargerike skjørtet hennes.

"Du har deg fortsatt aldri sett slik hvordan nå , Susie."

Han bøyde seg ned og kysset tåremerkene under hennes fortsatt rennende øyne og snakket lavt.

"Mmm, lille tispe, jeg elsker å se at du er redd, men vi venter gjester, så gå til det private badet i den andre døren til høyre. Der finner du de vanlige sminkemerkene dine. Fiks ansiktet ditt og hennes hår."

Han ga henne et gulldekket bånd.

" Sett på denne tapen. Nei parfyme . Og gå tilbake _ til min skrivebord ."

Han gikk inn på badet og stilte seg foran speilet i full lengde.

" Hvem er de ?" har tenkte . "Hva med det ' gode jente skjer med henne _ henne hele livet ditt ? Hvordan var hun horen bli den hun så i speilet ?"

hun flyttet og vred seg , som _ du bemerket at skjørtet var hennes fitte eller deres ass i det hele tatt Ikke dekket , men deres welts og hennes stående tilstand av opphisselse understreket .

Det er et spill, tenkte han, vel vitende om at det var mye mer enn en kamp, og at han bare kunne vente til slutten av uken.

"Hva ville skje da i slutten av uken?"

De stille spørsmålene hans stoppet mens han grunnet på dette spørsmålet.

"Pust," sa hun til seg selv, "bare pust og adlyd."

Hun brøt vekk fra de konstante spørsmålene sine og la på nytt sminken på ansiktet.

Hun bandt det bølgete håret i en stram hestehale og gikk tilbake til speilet i full lengde.

" Pust , pust bare og adlyd ." gjentok hun seg selv .

hun kastet en siste Utsikt på den og pustet sakte . hun kom tilbake til ham tilbake , gikk til hans skrivebord og knelte før ham , som ham _ undervist hadde vært .

Han så til , hvordan du med de avrundede kinnene hennes rumpa ble så deilig utsatt var . Veltene _ viste seg rød og sint når du forsiktig på hennes hæler gikk og hennes hofter hvordan en hore svaiet til _ glede var klar .

«Det er mitt», sa han nesten vantro til seg selv.

Treningen hans hadde gått så bra denne uken; bedre enn han hadde håpet.

Hver hindring han satte opp virket relativt lett å overvinne.

Hun var konstant bekymret for at han kjørte for fort, hun stakk nesten av i går og så frykt i øynene i morges, men til slutt adlød hun alltid.

Henne Innlevering var ved kombinasjon _ hennes dominerende fars og hennes elskelig mor nesten inni seg til Språk brakte med seg vært .

Han hadde ønsket henne så lenge.

Å oppdage hans begjær etter erotisk smerte drev bare lysten hans til å dominere henne.

Han ønsket ikke å la henne gå på slutten av uken, selv om han visste at han kunne utpresse eller tvinge henne til å forbli en slave, visste han at et slikt forhold aldri ville oppfylle hans ønsker.

Han trengte et bånd av tillit og gjensidig kjærlighet for å få henne til å ønske hans dominans ettersom han ønsket hennes fullstendige underkastelse.

Han stirret lenge på henne mens hun knelte foran ham.

Han hadde jobbet hardt for å komme til dette punktet i livet.

Han hadde sitt eget selskap og klubb som drev hans mørkeste ønsker om å dominere og kontrollere alt i livet hans.

Han hadde en kone, en familie og et hjem som mange kunne misunne ham, men ingenting av det var nok.

Han kunne ha hvilken som helst slave i selskapet eller i klubben, og han hadde båret mange av dem noen ganger.

Men han hadde lett etter noen han kunne eie og elske på samme tid, noe som alltid hadde unngått ham.

Han så inn i de lysegrønne øynene hennes.

Susan var annerledes , ønsket hennes var det du mye av mer som a Kropp er hun _ etter etter eget ønske bruk og misbruk kan .

Jeg ville ha den lille pike egen , kontroll og pleie , dominerer hver del av livet hennes og henne vis hvordan _ dypt kjærlighet til en slaver og en mestere kan være .

Hvor annerledes som mann og kone eller elsker , men det var mye dypere og mer tillitsfull .

Han tok a hvit hennes fløyelsbånd _ skrivebord og bøyd seg selv før til henne dyp til kyss .

Mens han satte gaffatapen rundt halsen.

Hun hoppet da hun hørte klippet lukke henne som en stram choker.

Hendene hans fortsatte å kjærtegne henne mens kysset varte.

Han strøk henne over skuldrene og beveget seg over brystet hennes for å klemme de harde små knoppene som ristet henne for å høre lyden av klokkene og stønn hennes i kysset hans.

Han brøt kysset og reiste seg og dro brystvortene hennes nærmere seg.

"Gjestene våre kommer snart, kom min lille slave."

Han førte henne inn i møterommet og dyttet henne foran seg, han sa ganske enkelt:

"Gå dit."

Han så på henne mens hun bet seg i leppa og så på antall stoler.

Hun gikk til hodet på det ovale bordet og knelte på gulvet ved siden av stolen hans.

"Veldig bra, min lille slave, hva lærte du bra i dag?"

MØTE MED MESTERNE

Kjøkkenpersonalet hadde kommet med maten og var opptatt på det lille kjøkkenet med å forberede de siste detaljene av festen.

I mellomtiden tok mesteren hans en stor stol og indikerte at han satt ved siden av ham, og indikerte et sted på gulvet.

Hun rykket seg da hun tok plass og lyttet mens han snakket lavt til henne:

"Mennene som kommer i dag er noen av mine eldste venner. De er også herrer og vil ta med seg slavene sine."

Han så på henne mens hun tok inn ordene hans og fortsatte så:

"Du vil adlyde dem som du vil adlyde meg. Men jeg vil ikke la det skade deg, lille Susy."

Hun bet seg i leppa, rysene prydet buksen hennes, og bena hennes banket fortsatt av bevis på hva som ville skje hvis hun sviktet ham.

Hun så opp mens han ble stille og så ham inn i øynene og hvisket:

"Når jeg elsker".

Han skulle spørre litt mer om gjestene sine da en mann med en jente i bånd kom inn på kontoret.

Han smilte varmt, strakte ut hånden , tok tak i Roberts og ristet ham tett.

"Er vi de første som kommer?"

" Egentlig Steve, det er riktig . munter opp se ." Han så etter nedenfor og spurte : "Og hvordan er du _ i dag , Shaky?"

Susan ble overrasket da jenta _ Med en "hiip " svarte , som støyen en liten hund og deg selv vred seg mens han klappet henne på hodet . _

Susan tok en nærmere titt da hun la merke til at hun hadde på seg et rødt skinnkjede med ordet "tispe" i diamanter foran.

Susan beundret blondekjolen slaven hadde på seg da hun hørte navnet hennes og så rødmende opp da den andre herren hilste på henne.

«Hyggelig å møte deg, sir,» kom hun ut med en pipende stemme, rødmet enda dypere og klar over hvor utsatt hun følte seg.

Hennes oppmerksomhet vendte tilbake til døren da hun hørte den høye latteren fra Alan Clarkson som kom inn med en mann identisk med mannen som nettopp hadde hilst på henne.

Susan så fra den ene til den andre og snudde hodet mens hun så på tvillingmesterne.

Forbløffet tok det et øyeblikk før hun innså at en slank jente fortsatt var stille bak de leende Amos.

Den som kom inn med Alan var Master John, Steves tvillingbror, etterfulgt av en slank jente, slaven hans Samantha.

Hun var selvfølgelig også bak Anne, som smilte og blunket til henne.

De to siste medlemmene av gruppen ankom med jentene sine i løpet av minutter.

Susan satt i stillhet og prøvde å ikke vekke oppmerksomhet mens mennene hilste på hverandre og jentene.

Hun bøyde hodet og smilte da hun ble møtt, og stolte ikke på den skingrende stemmen som hadde hilst på den første Mesteren.

Så han var stille i nervøsiteten.

De flyttet alle inn i møterommet, som det dyktige kjøkkenpersonalet fant som en gammeldags spisestue.

Susan studerte de siste gjestene.

Mester Barry var en høy mann som var kledd mer avslappet enn de andre mestrene, iført jeans og en jakke som så merkelig ut i kontrast til de andre mesternes fint skreddersydde dresser.

Han ble fulgt av Cinthia, en høy blondine med en atletisk bygning hvis muskler så ut til å kruse for hver bevegelse.

Det siste paret var Master James, en eldre herre med knallblå øyne, etterfulgt av Amy, en lubben jente med en bitteliten munn som fikk henne til å se ut som en amor-engel.

Alle jentene satt, som dem, ved siden av hver sin herres stol da servitørene kom inn med vin og mat til det første kurset.

Hennes Mesters hånd matet henne med små biter fra tallerkenen hans, og hun nøt smaken av den rike maten.

Hun så på de andre jentene mens mesterne diskuterte forretninger og felles venner.

Anne lente seg med armene rundt Mesterens ben, Shaky så ut til å krølle seg sammen på føttene, Amy hadde hodet hviler på Mesterens lår og Cinthia så ut til å nesten riste hestehalen med små bevegelser av hodet.

Anne fanget øyet hans og blunket til ham.

" Vi å trenge her en Tjenesteklokke , Robert, hvor er disse servitørene?" klaget Mester James seg selv .

" Kanskje kunne vi rist Susan i stedet , » lo Alan.

Øynene til de eldre mestrene lyste ved prospektet og rynket pannen deretter pannen . _

"En jente så liten er at jeg tviler på at det er nok _ _ Bråk gjøre kan ."

Robert lo godmodig .

Hører du noen gang til deg selv klage på James? "

"Jeg kunne gjort det hvis du rister den lille jenta di."

Susan så på mens hennes Mester rakte ned og trakk kjedet mellom brystvortene hennes, ristet dem og ringte søtt med klokkene.

"Jeg tror du hadde rett James, det bråker ikke mye."

Etter å ha sagt dette, slo hånden hans inn i den høyre puppen hennes på et blunk, og fikk henne til å skrike av overraskelse i stedet for smerte.

"Var det bedre ?"

«Det var neppe mer som a skrik ."

James smilte og de blå øynene hans lyste opp mot henne.

Som et svar på den såkalte knirkingen dukket servitørene opp, fjernet tallerkenene og erstattet dem med mer overdådig mat.

Mesterne gikk tilbake til virksomheten mens Susan gikk tilbake til å studere jentene.

Hun lurte på om de ønsket å være slaver, eller om de som henne var fanget i denne situasjonen.

Men var hun fanget?

Kanskje i begynnelsen, men nå var hun ikke helt sikker.

Kanskje han begynte å like det mer enn noe annet.

Han så seg rundt i gruppen igjen og ristet på hodet.

Det virket neppe ekte.

Normaliteten av å sette seg ned og ta små biter fra Mesterens tallerken med hånden, som om det skjedde hver dag.

Kanskje hun var så involvert i dette spillet at du deres slaveri Ikke mer som dårlig sett på ?

Tankene hans raste gjennom hodet hans mens han lydig åpnet og lukket munnen for å ta en ny bit.

Han lurte på om jentas hengivenheter var en del av hans egen personlighet, eller om de var formet etter mestrenes vilje.

Og hun lurte også på hvordan de jentene må ha sett på henne med sin evige rødme og naivitet.

Kan du fortelle at hun ikke var en sann slave?

Fortapt i sine egne tanker hadde hun ikke hørt på Herrens samtaler og ble overrasket da de andre herrene reiste seg og forlot rommet og lot jentene være i fred.

Hun så nysgjerrig opp på Mesteren sin mens han reiste seg også.

Han strakk seg ned og strøk forsiktig over håret hennes.

"Jeg kommer snart tilbake, lille."

Hun nikket lett og så etter dem.

Så snart døren lukket seg, reiste den lubne Amy seg og så på bordet før hun gled inn i Mesterens tomme sete og løftet det nesten fulle vinglasset til de små leppene.

Samantha himlet med øynene.

"Du er en drittunge Amy, du bør ikke la dem ta deg der."

"Ta en pause Samantha, du er ikke den eldste jenta her." Shaky kimet inn: "Amy er alltid en drittunge som ikke forandrer seg, og vi må ha det gøy med den nye jenta." Hun smilte tannfullt i Susans retning. "Du må fortelle oss vakre Susan hvordan du fanget den unnvikende mester Robert."

Hun hadde krøpet nærmere henne og lå på magen med hendene på haken mens hun ventet på svar.

Hvordan kunne hun fortelle disse jentene at hun ble tatt?

At hun ikke visste noe om slaveri og at dette hadde startet som en lek for henne.

Susans tanker raste og hun rødmet dypt mens jentene stirret på henne og ventet på svar.

Samantha reddet henne:

"Jeg tror ikke Susan hadde noen anelse om noe av dette, kjære."

Susan ristet på hodet og senket øynene.

Og Samantha fortsatte å hviske konspiratorisk til de andre:

"Jeg var før dette Uke fortsatt aldri a slave vært ." Han snudde seg til Susan og ga henne a beroligende smil . "Gjør du Nei bekymringer , kjære, disse pike vil egentlig ingen moro Med til deg har . Vi overlater det til mesterne." Hun lo.

"Ingen måte! Er det sant ?" Shaky så på Susan _ mer ivrig nysgjerrighet .

Amy nærmet seg seg selv også : "Vel, vel, a søt uskyldig jente som tenkte ville blitt overrasket over at det var dette Mester Robert var ute etter smak til vet ."

Susan prøvde sitt _ egen overraskelse til unngå når _ du ovenfor du snakket , men du kjente varmen fra rødmen fylle kinnene hennes . _ _

Amy fortsatte: "Din herre har aldri tatt en slave som sin egen. Tror du han vil beholde deg ?"

Susan så Med enorm øyne og skrek :

"Behold meg?" Hun ristet på hodet. "Jeg trodde det skulle bli et morsomt spill, men nå er alt uklart i hodet mitt. Med alle dere her virker det som den mest normale tingen i verden, men jeg vet egentlig ikke hva jeg gjør mesteparten av tid."

"Å hold kjeft kjære, alt er bra." Samantha sa med et blunk: "Jeg har sett på deg hele uken, og du ser mer fantastisk ut hver dag."

Shaky smilte. "Du er virkelig en nybegynner, nei! Vel, hvis han lar deg møte alle våre mestere, planlegger han å holde deg rundt en stund." Shaky slikket Susan på kinnet og fikk henne til å le. "Og det ville vært fint å ha en ny lekekamerat, foretrekker du ikke Samantha?"

Amy så ned fra bordet og knep sammen leppene:

"Det er mange slaver i klubben som lider av å ha på seg mester Roberts halskjede. Hvis han bestemmer seg for å bli hos deg, bør vi kunne høre alles hylende skrik." Hun lo, klappet i hendene og tok en ny slurk av Mesterens vin. "Jeg vil gjerne se noen av ansiktene deres når de finner ut av det."

"Jeg tenker hva jentene mener , er at det ser ut som _ _ om mester Robert planlegger å bli med deg seg selv til behold ." Anne stoppet opp da hun så frykten i Susans øyne. "Du liker å være slaven hans, gjør du ikke?"

Susan ble overrasket over spørsmålet.

Han vil?

hun bet ned på leppa, som du om det tenkte .

hun hadde seg selv sa det _ du a god jenta var det til slaveri tvunget var , men hvordan kunne hun at dette pike si ?

Jeg holdt på å spørre hvordan de ble slaver.

Hadde de en sjanse til å bestemme om de... var enige? "

Cinthia snurret med hestehalen, snøvlet lett og bøyde hodet.

Amy gled ned på gulvet og rettet fingeren mot Cinthia og hvisket,

«Jeg vet ikke hvordan han gjør det !"

Et øyeblikk senere åpnet døren og servitørene kom for å rydde bordet .

Hver av jentene sto stille i Rom mens servitører raskt på det arbeidet , bordet med frukt og ost til fyll , og du rolig igjen _ la .

Igjen , alle andre så Jenter Susan og ventet bestandig en til _ svare .

«Jeg vet ikke hva jeg gjør , enn si fordi det jeg vil," sa Susan trist . "Det vil si forskjellig som alt jeg noensinne før opplevde har . Henne alle virker så hyggelige , um . Normal!" Cinthia snøftet og reiste en øyenbryn

. "Vel du vet hva jeg mener , for den normale verden som er stereotyp en Sexslaver ...» søkte hun etter til riktig ord.

Hun ga opp og trakk på skuldrene .

"Ok ok dukke," kom Anne til forsvar. "Vi kjenner stereotypen, men hold øynene og sinnet åpne for alt du ser og hører, og du vil innse at det ikke er noe normalt i hele denne verden. Tenk på sex som iskrem når all vanilje liker for en kjedelig verden det ville vært. "

Amy himlet med øynene og nikket til Susan.

"Is er en gammel klissete analogi, men det fungerer. Folk liker forskjellige ting, mat, biler, klær og sex. Jeg vil si du må bestemme selv, men jeg tror den avgjørelsen allerede er tatt for deg."

Susan bet seg i leppa og var i ferd med å protestere mot at hun fortsatt hadde en dag på seg til å bestemme seg, men systemet for tidlig varsling, Cinthia, brakte henne tilbake til setet sitt da Lords vendte tilbake til setene sine, og snakket glad om klubbvirksomhet og klubb. forretningsfelles bekjente.

Etter noen timer, men sannsynligvis ikke mer enn én, kvelte Amy uten hell et gjesp og trakk oppmerksomheten til bordet.

Mester James så etter nedenfor . "Vel, det er det du får hvis du holder deg oppe etter sengetid."

Han så opp tullende og begynte å protestere. "Men ..."

Et strengt blikk fra Mesteren hennes frøs på tungen hennes, og hun unnskyldte seg og knelte rett på kne.

James gliste og rystet med krøllene

"Hvorfor spør du ikke Mester Robert om du kan spille Susans bjeller for å sysselsette deg selv en stund, og så tar jeg deg hjem, lille?"

tull glødet i hennes øyne , som du reiste seg og så så søt ut snudde seg mot Robert og sa .

"Å vær så snill, mester Robert, kan jeg? Du er så pen bjeller og du har en slik vakker slaver ."

"Hvordan kunne jeg gå til en slik søt pike Nei si ?" Robert smilte.

"Takk, mester Robert, takk!" Amy boblet og forsvant under bordet for å gå til Susan krype .

" Virker som _ _ _ ville du nå våken ." Alan lo mens Shaky gjorde en ropte begeistret og seg selv Med en dra raskt i båndet roet seg .

" Det virker som dem alle med til ny pike å leke ønsker ." mumlet Barry .

Robert smilte henne kl.

«Jeg kan Ikke si at jeg skylder på dem _ _ _ gi , jeg spiller liker veldig godt med henne ."

Dette ble møtt med mye latter og han rødmet sint igjen og tok kontroll over rommet.

Amy satt glad ved siden av henne og lekte med Susans brystvorter og ringte på klokkene i forskjellige tempo mens samtalen fortsatte rundt henne.

Hun kjente at Mesteren lekte med hestehalen hennes og så inn i de gjennomborende øynene hennes.

Pusten hennes trakk seg og hennes egne øyne ble store da hun kjente Amys munn stramme seg rundt brystvorten hennes.

Mens han ringte på klokkene med fingrene, beveget tungen hans seg over den harde rosa spissen hennes.

Mesterens øyne glitret og hjørnene krøllet seg i et smil som ikke var unikt for munnen hans.

"Det ser ut til at jenta mi er for spent som vanlig, jeg bør kjøre henne hjem, ellers blir hun for nervøs til å sove igjen. Kom igjen Jente la oss etter _ hjem ta med ." Mester James reiste seg mens han snakket .

Amy kastet hodet bakover og slapp brystvorten _ gå hun _ Med en ringe bang preparerte hadde .

Han så opp og spurte lavt:

"Kan jeg kysse henne for å si farvel?"

"Ja baby. Så takk mester Robert, så går vi."

Amy la den ene hånden på Susans kinn og den andre på Susans hals og holdt dem mens hun presset leppene hans mot hennes.

Susan kjente den gjenstridige tungen og skilte leppene sine forsiktig fra hverandre mens den lubne kysset henne forsiktig, men dypt, og utforsket munnen hennes med en flagrende tunge som gjorde at Susan ble andpusten ved slutten av kysset.

" Hei min ny venn håper jeg vi se oss fortsatt ofte. Du må komme på en lek, jeg har så mange flotte leker!" Hun klynket da Mesteren hennes kremtet og reiste seg. "Takk for at jeg fikk spille Mester Robert med Susan."

"Du er velkommen, kjære, sov godt. Din gretten gamle herre ser fortvilet ut."

Amy tok på seg sitt mest forførende uskyldige ansikt. "Tror du det?" Han så sin Mester opp og ned. "Kanskje jeg burde ta frem sykepleiersettet mitt når vi kommer hjem og sjekke det ut."

"Å, det tror jeg definitivt det du trenger , kjære. nå gå og gå etter hjem ."

James stønnet . " Takk for det, min venn, kanskje Jeg kan ta med meg hodet til Susan neste gang Hjemmelekser fyll til deg også ansette ."

Amy smilte og snudde seg seg selv ved bordet. "Farvel mester og hushjelp ."

Så tok han sin Mesters hånd og ledet ham ute til plass når han selv _ bestått .

Steve lo og sa lavt til John:

"Åh, jeg tror det kommer til å bli nok en natt å huske for denne frekke gutten."

John humret.

"Med mindre James bestemmer seg for å banke henne opp på den lange kjøreturen hjem."

"Cinthia og jeg burde være på vei nå også, jeg ønsker å gå til rideklubben og vi har mye forberedelse foran oss." Barry rumlet i hans dybder baryton tone.

Robert reiste seg og smilte .

"Å ja, selvfølgelig. Det var heldig du var i byen for gjenforeningen vår. Takk for at du kom Barry."

Robert gikk til stuedøren før han snudde seg for å vise de andre:

"Hvorfor flytter vi ikke til de mest komfortable stolene når natten nærmer seg? Utsikten er ganske god der."

Mesterne reiste seg og fulgte med jentene sine bak seg.

Anne oppfordret Susan til å flytte.

Han hadde sett Cinthia og henne gå med de lange bena hennes da referansen til rideklubben endelig kom til ham.

Han så mer kritisk på de andre jentene enn å prøve å se egenskapene deres, for å si det sånn.

Shaky var en bedårende valp og Anne var en sprudlende, sexy jente, men Samantha forvirret dem.

Susan var forvirret , jenta å løpe til ser hun var så morsom da _ ville du en ballerina.

Susan følte seg selv en gang til en gang malplassert , du ville hatt Ingenting Noe spesielt med deg og deg måtte mye av lære .

Hun skjønte at _ du kunne aldri vært så spesiell hvordan dette jente og det bare hennes herre Med henne spilt hadde .

Med det innså han at han ikke ville gjøre det, han kunne ikke beholde henne som slaven sin med mindre han hadde en spesiell egenskap.

Hun følte en bølge av lettelse over at hun ikke trengte å bestemme seg.

Men følelsen ble raskt fulgt av et snev av tristhet.

Hun bet seg fraværende i leppen, fulgte sin Mester til stolen hans og satte seg ved siden av ham.

Hun ristet tankene fra hodet mens Mesteren hennes tok hånden hans inn i hestehalen hennes nok en gang og så på ham.

"Hei John la jenta din tjene meg bror denne slaven er ubrukelig for alt som ikke kommer i en flaske eller boks."

Steve dyttet Shaky med foten og hun ga ham en lav knurring, noe som fikk ham til å rynke pannen.

Med et nikk fra sin mester, gikk Samantha mot mester Steve med dansende føtter.

Hun presset kroppen mot ham og slikket halsen hans til øret hans, nappet forsiktig og spinnende:

"Mester, hva vil du ha det dette Får slaven deg i kveld ? "

"En skotsk takk, kjære."

Samantha utfoldet seg seg selv ute hans kropp , rotert deres Fotballer opp og gled inn på kjøkkenet .

hun renset a ny glass og snudd seg selv lett å bestille til observatørene en Se på det sensuelle , buede skisserer hennes kropp til bud mens du holder kanten på glasset om hevelsen _ av deres brystene dyttet , skalv og dypt pustet .

Susan så du fascinert av.

Anne fylte glasset _ til halvparten før de åpner frysedøren åpnet opp og vekk fra kulden Luft encase la .

Dette Luft la deres Brystvortene blir harde og avslørte deres spisse spisse klar under til fint silkekjole som hun hadde på seg.

Han grep etter iskrem og lot den stå med en spisse Klink inn i glasset

.

Hun lukket frysedøren Med en hoftebevegelse og lente seg seg selv tilbake , ristet på hodet og dro deres hår i ett Bølge mørkere fall silke .

Hun snudde seg mot Mesteren, brystene hennes børstet armen hans, løftet glasset først til leppene hennes for å kysse kanten, spinnende:

"Din whisky, mester Steve, denne slaven håper du har hatt glede av tjenesten din."

"Utsøkt service som alltid og noe søtt. Gå tilbake til din herre nå , før jeg glemmer hvem som eier deg. "

Susan var fyldigere ærefrykt om hvordan Samantha tjener _ en Drikker så sensuell laget .

Hun ville kunne og så opp etter reaksjonen hennes mestere til se bare for å _ _ se at han er henne jeg er enig så på .

Tankene hoppet inn i hodet hans.

Ville hun være morsom nok til å glede ham?

Kanskje kunne hun lære å være så grasiøs og attraktiv, og kanskje ville Mester da ønske å bli hos henne.

Hun hadde overbevist seg selv om at han ville sende henne bort etter at uken var omme.

Da hun ble involvert i sin prediktive tenkning, spurte hun seg selv igjen: "Var dette livet hun ønsket, å bli besatt som en slave, å nekte sin valgfrihet ved å adlyde alle hennes kommandoer? Kunne hun lære på en måte å være spesiell?" hva vil han ha? "

Hennes ønske om å glede ham nok en gang overdøvet alle de andre spørsmålene hennes, og hun vendte oppmerksomheten tilbake til Herrene, som fortsatte å spøke etter hvert som ettermiddagen gikk og himmelen ble svart.

Tvillingmesterne nektet å drikke og hevdet at de forlovet seg på klubben den kvelden, og Alan sa også at han gledet seg til å besøke klubben og se hva som ble vist.

Robert nektet å bli med dem, og hevdet at han fortsatt hadde arbeid å gjøre.

Han reiste seg for å gå til møtedøren og pratet kjærlig. Susan fulgte henne og takket stille Anne for all hennes støtte gjennom den lange ettermiddagen og kvelden.

"Å kjære, det var ingenting , oss var alle på et tidspunkt i dette ny livsstil ."

Anne kysset Susan på kinnet og fulgte Alan inn i heisen.

Da heisen endelig stengte, snudde Robert seg og gikk tilbake inn på kontoret, trygg på at hun ville følge etter.

Mens hun knelte foran ham, lente seg bakover på hælene hennes, bøyde han seg fremover for å kjærtegne kinnet hennes.

"Jeg er veldig fornøyd med prestasjonen din i dag, jente."

Han lente seg inn for å kysse henne dypt og hun kjente sommerfugler flagre på magen og følelsene rant nedover ryggen hennes.

Jeg var glad!

Gleden han følte var til å ta og føle på, kombinert med kysset hans.

Hun tenkte ikke på annet enn hvordan ordene hans og berøringen hans fikk henne til å føles.

"Nå som vi har sørget for at du er fri, la oss spille et spill, Susy. Jeg vet hvordan du liker spill." Han smilte bevisst til henne.

"Ja absolutt." hvisket hun.

Han hadde håpet at gjestenes forsvinning ville gjøre at han kunne reise hjem og slappe av.

Det hadde vært en veldig lang dag og hun var veldig forvirret med alle tankene i hodet.

Han fortsatte:

"Vi kan stille tre spørsmål hver i kveld. Du kan spørre meg alt du vil vite om gjestene våre og ettermiddagen. Jeg skal stille deg spørsmål om hva jeg håper du har lært. Og hvordan når jeg er med _ Deres svar Ikke er fornøyd , dette vil få konsekvenser har ." .

Han vred seg, vel vitende om at han ikke tok nok hensyn til de små detaljene , og tankene hans vandret ofte.

Han burde ha visst at det kom til å bli en test, han testet den alltid på en eller annen måte.

Men hun nikket og hvisket:

"Når jeg elsker".

"Vel da, la oss begynne, gi meg navnet på hver gjest og slaven hans."

Han trakk pusten dypt og begynte med en skjelving i stemmen:

"Alan Clarkson og slaven hans Anne, Steve Goodman og slaven hans Shaky, John Goodman og slaven hans Samantha, James Smith og slaven hans Amy, og Barry Collins og jenta hans Cinthia."

Hun bet seg i leppen uten å bli formelt introdusert, og hadde hørt fornavn og koblet etternavn gjennom sin praktiske kunnskap om notatene og e-postene hun hadde sendt dem som assistent.

"Veldig imponerende," smilte hun, "men jeg er redd for at som slave, som var din eneste rolle i kveld, burde alle behandles som en herre etterfulgt av fornavnet sitt." Han klappet henne i skrittet da han så underleppen hennes falle. "På fanget mitt, lille Susy."

De smertefulle svulstene som hadde merket henne som en hore tidligere på dagen, var for lengst falmet.

Han førte hånden forsiktig nedover rumpa hennes før han slo den hardt, og så håndavtrykket begynne å lyse rosa mot den glatte huden hennes.

Hun bet seg i leppa og stønnet mens hun beveget bena.

I mellomtiden ble hånden senket fire ganger til, én gang for hver av mesterne som deltok på den sene lunsjen.

Noen tårer trillet nedover kinnene hennes, mer av skuffelse enn banking da han berørte rumpa hennes og foreslo:

"Det er din tur".

Hun tenkte og spurte:

" Hver av jentene var noe på en unik måte Spesielt siden Shaky a valpejente var. Er de fra deres mestere så trent eller er du selvfølgelig ?"

" Noen slaver å ha en forkjærlighet for en spesifikk rolle og tas av en mester og for hans ønsker og behov skolet ." Han stoppet et øyeblikk før han fortsatte: "Noen mestere foretrekker et blankt lerret og tar en jente og former henne etter deres smak. Men for enhver mulighet må jenta ha naturlig underkastelse. Styrke Slaveri til en jente går ikke alltid så bra som en Mester ønsker. "

Tankene hans hoppet.

Ble hun ikke tvunget?

Det begynte som et spill.

Hun hadde sagt ja til å være hans og å adlyde ham fullstendig i en uke.

Hun innrømmet at hun ikke hadde blitt tvunget til å akseptere det, men hun visste egentlig ikke hva hun godtok.

Hånden som kjærtegnet baken hennes stoppet mens han snakket og hun lyttet intenst til det neste spørsmålet hans.

"Fortell meg om de seks jentene som er her i kveld, hvert spesielle talent slik du så det."

Han visste at det bare var fem jenter, men han likte ikke å korrigere ham mens han var i en så sårbar posisjon, så han begynte:

"Skylvet er veldig valpeaktig . Det tror jeg Cinthia er en ponni. Amy er veldig barnslig . Anne er en barmfagre blonde bombe. Samantha har meg forvirret , men jeg tror hun _ er danser og beveget seg seg selv veldig grasiøs .

Hun snudde hodet for å se håpefullt på ham.

han slo to ganger hardt mot hennes ass .

«Anne, som deg, min lille Susy, vil gjennom Smerte vekket på en måte som _ mest slaver Ikke nyte . Samantha til eksempel blir til i det hele tatt Ikke gjennom smerte eller avstraffelse opphisset . Deres glede kommer fra å behage Hans Mester. Og han skinner i måten han serverer og danser på. Hans mester følger orientalernes levesett. Hånden hans fløt igjen og han løftet et øyenbryn. 'Og den sjette?'

Hun bet seg i leppa og rynket pannen mens tankene hennes løp for å finne ut hvem hun hadde savnet i svaret.

Hun så smilet hans da hånden hans falt ned igjen.

Hun skrek og skrek ut:

"Jeg forstår det ikke, siden det bare var fem jenter."

Han slo henne igjen da hun svarte:

"Du glemte den viktigste slaven, min!" Hånden senkes igjen for å markere posisjonen hans. "Du var der, var du ikke?"

Hun snudde seg og ropte:

"Ja mester, men jeg er ikke noe spesielt, jeg har ingen spesielle talenter."

Hun senket hodet og lot tårene falle.

Hjertet hennes hoppet over et slag, hun var virkelig så uskyldig og naiv, så spesiell i sitt behov for å behage og tjene, at hun tålte alle kravene han stilte til henne og aksepterte straffene hans nesten villig.

Hun var selve symbolet på naivitet i sine rødmende og søte måter, og hun skjønte det ikke engang.

Hans søte lille prinsesse i offentligheten og hans smerteelskende hore privat når han ville.

"Har jeg ikke fortalt deg hele uken at du er spesiell? Hva er spesielt med mitt ønske om deg og behov for å være din herre? Etter å ha møtt noen av vennene mine, tror du jeg ville gi dem en Tenk deg en slave som var ikke spesielt?" Han ropte nesten den siste , og fikk henne til å grøsse og forvirre sinnet hennes.

Susan stønnet.

"Ja mester, jeg mener ingen mester, å..." ropte han, "jeg vet ikke hva jeg mener."

Hånden hans senket lenger ned i den nå røde rumpa hennes og fikk henne til å stønne mer. Varmen som strømmet gjennom kroppen hennes da han slo henne, fikk ham til å gni magen hennes over fanget hans mens han kjente hardheten hennes vokse og fitta hennes gni mot låret hans.

Hun lukket øynene og gispet etter luft.

Varmen, smerten og følelsen av ham sendte spasmer gjennom kroppen hennes.

Akkurat da hun skulle komme, sluttet han å legge hånden tungt på ryggen hennes og holdt henne slik at hun ikke kunne bevege seg.

"Og ditt neste spørsmål er..."

Han kunne ikke tenke rett, behovet hans for å sperme var så påtrengende at kroppen hans ristet og han stønnet.

"Hva vil du akkurat nå og trenger å spørre en liten tispe?"

Hun kjente den intense skammen dekke henne da hun uttrykte sitt behov:

"Vær så snill mester, jeg må komme, la meg komme."

Det var første gang han lot henne spørre, og det var som et siste hinder at hun hadde hoppet uanstrengt.

Han løftet hånden i bevegelse og begynte å piske de faste, runde kinnene igjen, hånden hans spratt fra den røde overflaten mens den smalt mot låret og kuken hans.

Han ønsket henne så mye at han tvilte på at han kunne vente en uke med å ta henne, men han måtte vente for å være sikker på at hun ville bli.

Hun stivnet og ga fra seg et langt, gispende skrik mens hun ristet på hodet og svømte i smerte og glede.

Fiten hennes banket med den sårt tiltrengte spermen som så ut til å løpe gjennom kroppen hennes som skudd som om hun var i ferd med å sperme i lang tid.

Tross alt falt du halte på hans runde .

Han tok henne opp og vugget henne i armene sine.

Hun fikk tilbake den skjelvende lille kroppen sin, og koset seg inn i armene hans.

Han smilte.

"Det virker som om det ikke er mye straff for deg, min lille smertetispe. Nå stilte du bare ett spørsmål, så jeg antar at det er min tur igjen."

Hun hoppet og gispet da hun skjønte at spillet ikke var over, og ristet på hodet for å rense tankene.

Han bøyde haken og løftet hodet for å se henne inn i øynene.

"Hvor lang er en uke, Susy?"

Spørsmålet overrasket henne, hun bet seg i leppa og tenkte at det måtte være et alternativt svar til det åpenbare, men hun kunne ikke tenke seg et, så hun hvisket:

"Syv dager".

Han smilte mens han så forståelsens morgen i ansiktet hennes.

"Du gjorde det bra den første halvdelen av uken din, min lille slave." sa han og forsikret seg om at hun forsto dens fulle betydning.

"Syv dager."

gjentok hun hviskende.

Tankene hennes vandret til planene hun hadde lagt for å være sammen med foreldrene den helgen for å hjelpe til med en jubileumsfeiring, og hun begynte å bite seg i leppen av bekymring.

Han så nøye på henne før han spurte:

"Det siste spørsmålet ditt, Susy?"

Hun så på ham med bekymrede øyne og hvisket:

"Jeg trodde ... jeg mener , jeg antok ... um ..."

Hun så på ansiktet hans uten noe i hans Øyne til lese for henne til si det _ du antatt hadde det _ deres Uke en arbeidsuke ville bare være _ fem dager , så våget du til spør :

"Har slavene frie helger?"

SLUTT PÅ FØRSTE DEL

www.ingramcontent.com/pod-product-compliance
Lightning Source LLC
LaVergne TN
LVHW101951220826
846093LV00006B/179

* 9 7 9 8 2 1 5 4 2 3 8 7 5 *